北野武・著

ビートたけし
下世話の作法

北野武的下流哲學

寫在前言之前

這本《北野武的下流哲學》最早出版於二〇〇九年三月，一向以「下流」自居的我，在書中以自己的方式思考並整理了日本人應該具備的「品格」、「瀟灑」，以及「規矩」為何物。今日看來，我寫的內容竟然料中了日本的大小事件。我為自己的預知能力感到毛骨悚然。

舉例來說，關於日本的政治，看看我在書中怎麼「預言」。

兩年半前，日本還是自民黨政權（麻生太郎首相）執政的時代。後來，民主黨在二〇〇九年八月三十日議員總選舉中獲勝，全日本因為「政權交替」鬧得沸沸湯湯。我那時還把北野武軍團裡的阿部定忠治改名為「鳩山來留夫」，因為他長得很像當時的民主黨代表，也就是後來成為總理大臣的鳩山由紀夫。

全日本因為此事沸騰，這說明了日本人對於政權交替抱持巨大的期待。然而，我當時在書中這麼斷言：

「換成民主黨執政，日本也完全不會改變。」

結果如何？果真跟自民黨時代沒什麼兩樣不是嗎？那時我挖苦「民主黨提出什麼政策公約的，真能實現嗎？」經過兩年半，連挖苦都不像挖苦了。「高速公路免收費」、「育兒津貼」，現在都進行到哪裡啦？

此外，關於本書的重點之一，也就是「規矩」，我寫下「有錢人把錢用來貢獻社會是好事，拿這件事來炫耀就不符合有錢人的規矩」。

今日，協助東日本大地震災民的義工、志工，或是慈善活動到處可見。可是仔細一看，現實中出現了大量「不合規矩」的傢伙，看得我真是頭痛。一堆有錢名流大聲嚷嚷：「我捐了〇億圓！」好像推銷自己才是重點，一點也感受不到他們對災民的體貼與心意。

付出善意的行為應該低調，大聲嚷嚷自己「捐錢了」，這不只不合有錢人的規矩，根本就不合日本人的規矩。社會貢獻這種事就該閉上嘴默默去做才對。

我話才說完，就聽見社會批評有錢人的聲音。例如「那個人捐款只是為了宣傳自己，還不是對自己的生意有好處才那麼做」，在這裡也不要說是誰了。也有人說「那個人雖然捐了那麼多錢，可是早就經過計算，知道不會有損失才這麼做」。從這些事最能看出日本人的品格早已不合規矩。所以我不是早說了嗎？怎麼樣，怕了吧？

無論是政權的無能，還是身為人該有的言行舉止，我都好好寫在這本《北野武的下流哲學》裡了。人類的品格，尤其是在震災這種非常時期，會特別受到試煉。所以我想說：請大家務必再讀一次這本書，回到做人的原點吧！說這本書是我的「聖經」也不為過。畢竟，這可是兩年半前就出版的書喔。各位讀者，請發誓追隨我吧，或是稱我為教祖也可以。別以為我只是個普通的演藝咖。

若再讓我多說幾句，我要說日本人愈來愈沒品了。沒品的日本人愈多，整個社會也變得愈沒品。原因也寫在書中了，因為一切都變成以金錢為中心。資本主義奪走了日本人的品格，破壞了日本人的規矩。

比方說，詐欺犯不認為自己做了壞事。在他們的想法中，騙人的人沒有錯，錯的是被騙的人。這種想法和資本主義的根柢是一樣的。「努力工作賺來的一百圓和撿來的一百圓沒有兩樣，一百圓就是一百圓」。這種觀念就是善惡不分。不，應該說是「以惡為善」。

這種觀念蔓延整個社會，毒害了整個日本，「有錢沒錢」成為判斷一切事物的基準，社會形成兩極化。經營充滿問題的ＩＴ企業的男人在酒店很受歡迎，不過是因為他口袋有錢罷了。

所以，東日本大地震發生的隔天，才會有竊盜集團潛入災區盜取財物。聽說那些人把整台ＡＴＭ提款機都給搬走了。

當然，並不是所有日本人皆是如此。日本的災民，就像外國媒體讚嘆的那樣，即使生活在嚴苛的避難所環境也是不為所動，在物資不足的超商、加油站，人們排著整齊的隊伍，並沒有發生強盜事件。日本擁有傳統美德的人還是很多，只是另一方面也出現了ＡＴＭ強盜或一心想利用震災來詐欺的沒品傢伙。這是日本必須面對的現實。

除此之外，沒品的偽善者也多了不少。支援受災者是好事，但也有人說什麼「這種時候我能做的只有歌唱」，目的還不是賣自己的CD。這說起來不就是詐欺生意嗎？和靠捐錢換取知名度的有錢人有什麼分別？

說著我又想到，日本國家女子足球隊贏得世界第一時，電視新聞及報紙報導了住在避難所的災民的感想「從她們身上獲得了勇氣」、「她們給了我對明日的希望」。我覺得那不過是媒體的偽善。

災民中一定有人認為「比起日本國家足球隊得到世界第一，我更希望能早日脫離這裡的生活」或「希望早點領取救援金」。媒體假裝沒聽見這些聲音，一味歌頌「足球隊帶來的勇氣與感動」，打造「感恩的一言堂」。我真是想不通，日本的媒體為什麼老愛播放一些靠偽善才能成立的謊言呢。

儘管如此，對日本國家女子足球隊的成員來說，那場決賽可是關鍵的勝負時刻。我所說的「勝負時刻」，指的不是賽事的輸贏。我的意思是，這正是向全世界展現我們日本人的品格與規矩的大好機會。

我在這本書的開頭也寫到，日本人在分出勝負之後，勝者為了對落敗的對手表達敬意，不會表現出欣喜若狂的模樣。顧慮到落敗者懊悔的心情，低調地展現喜悅，這才是日本人的傳統美德。

日本國家女子足球隊獲勝的瞬間，本來該是展現日本人的美德的最佳舞台，她們的言行卻像個外國人。獲得優勝，默默敬禮之後安靜離開，明明是可以像這樣向全世界推銷日本的大好機會啊。

話雖如此，據說在決賽中落敗的美國隊的美女守門員，對當地電視台說了這麼一件事。

「在以ＰＫ分出勝負後，日本隊的宮間綾選手走向我。當時她的臉上沒有笑容，也沒有喜悅。我想，這是她對落敗的美國隊表達敬意的方式。她知道我們心裡有多受傷。」

她還說自己因此覺得日本是個值得尊敬的國家。

這種「對受傷的敵人表達敬意」的態度，正是日本人的原點。

在前言的最後讓我再說一次，請仔細讀這本書，回到做人的原點吧。這本書就是我的「聖經」，懂了嗎？

二〇一一年九月

北野武

（編按：此篇文章寫於二〇一一年文庫版推出前。同年三月十一日日本發生了東日本大地震。）

前言

貧窮與沒品都一樣，發展到極點就會有品了（我隨便說說）。

北野武

我是從什麼時候開始在意「品格」與「美學」的呢？

大家都知道，我出生在東京足立區的梅島，那裡屬於大都會裡的舊街區。舊街區也有很多種，這裡和谷中或千駄木那種富有情調的舊街區完全不同。小時候，住在我們那邊的不是窮人、沒有學歷的人，就是一些逞凶鬥狠的人，是名副其實的「下流」街區。我也是其中的一份子就是了。

像我這樣舊街區窮人家出身，成了淺草貧窮藝人一直生活在社會底層的男人，為什麼能往上爬，到現在變成有錢人還穿著愛馬仕呢？我連鞋子都穿愛馬仕。

不管怎麼想，這都是下流到了極點的表現。或許有人會說：你這個下流又低俗的人，有什麼資格在那邊談論品格啊？

不過，用我常講的「鐘擺原理」來比喻的話，因為貧窮而認識了下流的極限的人，就像吊擺會往完全相反的方向擺盪，盪到底自然就明白了終極的上流是什麼樣。貧窮與下流到了極點，自然就會有品了。只要習慣貧窮與下流，就會成為上流。聽起來是個歪理，但我就是這樣在不知不覺中開始重視「有品」和「瀟灑」的。

在這不景氣的時代，很多人沒錢、沒工作，連睡覺的地方都沒有，簡直像回到從前的足立區。以前的人本來就窮所以並不在意，但是對經歷過富足生活的現代人來說，這個時代的窮令人不安到了極點。那種感覺或許就像失去了自己的歸處。

不過，我們還是有歸屬的。

我認為，答案就是「品格」與「瀟灑」。

目次

寫在前言之前 002
前言 009

1 品格

有品的人懂得符合身分的生活方式

・失去「禮數」的日本人變下流了 022
・飯要安靜地吃 024
・鄉下人一窩蜂上三星級餐廳 027
・別去排什麼「排隊名店」 028
・超市的廉價商品讓日本人連精神都變廉價 030

・從前的舊街區，就是個「村莊」 033
・對不認識的人視若無睹的舊街品格 037
・然後誰都不來舊街區了 039
・為什麼貧窮老街的工匠那麼帥 042
・錢本來是髒的 044
・被外國有錢人敲竹槓的夜晚 047
・穿愛馬仕的我會不會遭天譴 049
・電視節目下流放送 052
・「電視上說的都對」的危險 054
・你也可以變明星——才沒有這種事 056
・大家都是這樣上當的 059
・下流選舉、下流政治家，還有下流國民 062
・在談論「國家的品格」前，還有別的事該做吧 064

2 夢想

夢想實現，你的人生就結束了

‧正因為遙不可及，才能叫「夢想」 070
‧夢想連人格都能改變 072
‧誠實告白的少年 073
‧日本沒有美國夢——美國也沒有 076
‧「尋找自我」的尋寶之旅 079
‧與其期盼出人頭地，過平凡人生才有品 080
‧強迫做夢所以下流 083
‧把「想成為的模樣」放到一邊 085
‧何不把「宅力」用在別的地方 087
‧「偉大的人」是什麼樣的人 090

·不努力的人沒有資格做夢　091

3 瀟灑

真正的瀟灑展現在顧慮他人的行為上

·高倉健的「瀟灑」從哪裡來　094
·端上桌的河豚生魚片……　096
·健大哥默默站在雪中，不過……　098
·品格來自「無欲」，瀟灑來自「終極的顧慮」　101
·一種孤獨的酷　103
·簡單的打招呼能不能確實做好　106
·不刻意表現體貼的瀟灑　109
·瀟灑的金主不只用「錢」也用「心」　112

・也有落魄到來借錢的有錢人 114
・江戶的「瀟灑」，近畿的「不像樣」 117
・利休對秀吉 119
・「難看的人」的代表 121
・投入的模樣很丟臉 123
・影響我最多的人是誰？ 126
・頭號粉絲就是自己 128
・美美地變老，那是啥？ 131
・老與醜，不是上了年紀才要面對的事 134
・「老得好看」的條件 136
・強調「以前混過」不覺得好笑嗎？ 138
・為什麼男人不壞女人不愛？ 140
・發生在「情婦公寓」的大事件 142
・分手時最能看出「瀟灑」程度 145
・「溫柔」很卑鄙 147

·為了瀟灑的覺悟與痛苦 149

4 規矩

猴子穿上內褲，規矩瞬間產生

·「像樣」這件事 152
·為什麼不懂禮數的搞笑藝人愈來愈多 154
·不是「不打招呼」，而是「不習慣打招呼」 156
·「知恥文化」去哪了？ 158
·取締補習班吧 160
·無法離開群體的人 162
·認識新世界的快樂 165
·「茶泡飯粉包」與茶道的關係 166

5

技藝

把生存之道化為「藝」，就能拉高品格

・誹謗也有規矩 169
・規矩生「品格」 172
・所謂有品的花錢方法 174
・猴子穿上內褲，規矩瞬間產生 177
・藝人活在社會底層 182
・「不紅的理由」總是特別多 184
・脫衣舞孃與小白臉的奇妙關係 187
・到處都是垃圾堆 189
・搞笑藝人的規矩是什麼 192

·上電視和拍電影的規矩 195
·傳說中的演員 197
·笑著演的忠臣藏？ 200
·巨星的資質，誕生巨星的時代 202
·不接觸「高手」能學會規矩嗎？ 205
·搞笑這個商品變質了 207
·規矩就是——讓對方開心 209
·把生存之道化為「藝」 210
·印度人也跌破眼鏡的生日禮物 212
·政治家也需要「藝」 214
·那裡，講的是心情 217
做為後記 221

1 品格

有品的人
懂得符合身分的生活方式

失去「禮數」的日本人變下流了

奧運也好世界田徑錦標賽也罷，每次看到這種大型賽事，我只想到——滑稽的競技項目也太多了吧！比方說蒙古式滑雪，雖然大受觀眾歡迎，就我看來根本只是雜耍。滑冰也一樣，有一種在狹窄賽道上繞圈圈的快速滑冰競技，讓我想起了從前在後樂園遊樂場舉行的競速滑輪遊戲（Roller Games）。又不是Tokyo Bombers[1]，啊，現在年輕人一定不知道他們是誰吧。

不然，改講沙灘排球好了。這個運動到底好在哪裡我真是不懂。跟海灘泳褲沒兩樣的制服，到底是怎麼回事？有必要穿成那樣嗎？

若說穿著泳衣打排球是一項正式的運動，那也可以來個「沙灘體操」啊，或是「沙灘棒球」也不錯。沙灘體操的選手就穿上丁字褲，比賽「誰抬腿抬得高」或「誰的內褲縫卡得最深」，搞不好觀眾還更多呢。

還可以舉辦「沙灘拳擊」。選手就穿著夏威夷襯衫互毆吧。代表出賽的選手是各個國家的黑道，黑道大哥要展開對決的時候，旁邊還會突然傳來「也不先問過我一聲就要開幹嗎？」原來連裁判都是凶神惡煞。休息區放著剉冰機，場邊助手負責在剉好的冰上倒糖水。選手每打三分鐘就回到休息區吃剉冰，吃完再上場互毆，搞得像江之島的海之家那樣好了。

我會這麼說，是因為看到今天的日本選手，比賽前總是嚷著「抱著必死的決心上場」、「要大開殺戒」，這樣不入流的話是何時開始出自日本人口中的呢？一旦在比賽中獲勝，不是大吼大叫，就是擺出誇張的勝利手勢，明明是日本人，卻做出像外國人一樣的浮誇反應。

或許這與日本將柔道傳給了外國有關，不過我還是認為，日本的武道等，應該更在意傳統的事物，對於洋化的反應應該更慎重。日本人的酷，在於不表露喜怒哀樂，也就是經常會顧慮對方的心情。柔道和劍道，「始於敬禮，終於敬禮」是基本吧，這不正是要讓選手體貼對手、抱著一顆謙虛的心嗎？

在比賽中獲勝，就代表另一方落敗。對方也背負了家人與國民的支持，卻輸了這場賽事。我們不是也曾經在深夜熬夜看電視轉播，看到日本選手輸了比賽感到無比失望嗎？當我們讓對方承受同樣的事情，不是應該多一點顧慮？不是勝了就要狂喜。贏了就夠了，還可以秉持這樣的姿態。

時時想到對方、體恤他人，這種日本人特有的心理特質若不再找回來，日本人將再也酷不起來。

1 日本的競速滑輪代表隊，一九七〇年代在日本東京電視台製作的運動節目裡首度登場。

飯要安靜地吃

不知道從什麼時候開始，日本的所有文化都變得不像日本了。聽聽現在的日本流行音樂，歌詞裡充滿「謝謝你的愛」、「我為你而生」之類的沒品歌詞。為什麼説沒品，歌詞很誇大，內容卻很淺薄。歌詞裡的人情關係很稀薄，只是直接把美國或歐洲的歌詞直譯過來的日語。

現在的歌裡都是「你身邊永遠有我在」這種莫名其妙的歌詞，這種東西最好全部丟掉。去看看《萬葉集》或《源氏物語》吧，還是得以古代以來的文學為基礎，用耐人尋味的詞句和內斂低調的文字表達才行。

還有，也不要老是把「我」掛在嘴上。日本人原本是絕對不會搶鋒頭的個性，要不要試著重新思考一下這樣的日本性格再說啊？

最近的日本人不知怎地愈來愈沒品，用餐時也滿不在乎地在人前大聲發表對食物「好吃」、「難吃」的評論。還有人把評論食物好不好吃當作工作。沒有比這更沒品的事。

好吃的東西就是好吃，吃的人自己知道就好了。吃飯的時候不管食物好吃難吃，都不應該大肆評論，這才是日本人該有的樣子。說到底，食物這種東西得靠殺生才能獲得，吃飯就算抱持罪惡感也不為過。

所以，就默默地吃吧。感謝農民是應該的，嚷著「那裡的飯很好吃，很貴」，把食物拿來炫耀可有待商榷。

在餐廳吃飯時，常會看見某些自認很懂葡萄酒的傢伙在那邊對女人高談闊論。「這種葡萄的酸味受土壤成份和天候影響很大」什麼的，「這支二〇〇五的紅酒價格比二〇〇〇年的還怎樣怎樣」，吵死了。知識豐富沒什麼不好，但你能不能閉嘴啊。在記住各種葡萄酒知識前，最好先記住「不炫耀知識才是有品的人」。

某間餐廳的飯好吃還是難吃，從客人的表情自然看得出來，這才是評論食物最好的方式。對店裡的人說「很好吃，感謝招待」還可以容忍，但是絕對不要去對店家說「你們的東西很難吃」。難吃的話，不要再去第二次就好。自己判斷價格與口味品質是否成正比，要是覺得不划算，從此不去也就是了。連這種程度的規矩都不懂的話，真的會變成沒品的人。

食物就是用來填飽肚子的。現代人卻各個成了食物評論家，動不動就把「那裡的東西好吃」、「那裡的東西不行」掛在嘴上，品頭論足。這種言論甚至變成用餐之際的基本會話，這不對吧？

鄉下人一窩蜂上三星級餐廳

《米其林指南》從法國紅到日本，日本人開始一窩蜂地推崇所謂「星級」餐廳，說什麼「沒有三顆星就不好吃」、「這間店為什麼沒有半顆星」之類的，那是鄉下人才做的事。我說的鄉下人指的不是在鄉下出生的人，就算生在大都會，做出那種沒品的事就是鄉下人。追求時髦新奇的事物，這種人說起來就是「精神上的鄉下人」，無法自己判斷任何好壞，最近日本愈來愈多這種人了。

有些認真經營的餐廳甚至會生氣，認為「憑甚麼擅自評斷我們是幾顆星」。不只不接受《米其林指南》刊載、拒絕媒體採訪，更要求週刊雜誌別做報導，也有這樣的店。因為對他們來說，要是吸引了鄉下人一窩蜂上門消費，結果豈不是更麻煩。拜託那些人千萬別來預約。

然而，鄉下人就是即使貧窮沒錢，也會嚷著「去那家米其林三星餐廳吃吃看吧，好像很有意思」，為了這種事死命存錢，然後跑去消費。骨子裡明明是個鄉下人，何必去做這種事。自己不覺得丟臉嗎？那不是你該吃的東西。

這就和住在三坪大的公寓卻硬買ＬＶ包包是一樣的道理，只不過是打腫臉充胖子罷了。連住處和包包哪個重要都搞不清楚。有些傢伙為了買車，連房租都付不起，只能睡在車子裡，這種人也真是傷腦筋。

吃不出食物的好壞，只知道要去「星級」餐廳用餐，沒有比這更蠢的事。餐廳也好，什麼都好，在自己負擔得起的範圍內自己決定幾顆星，至少要有這樣的體認才行。這才是日本人該有的思考方式。對自己來說「淺草那間炸豬排店最好吃」，這樣就夠了。只要能判斷生活中會接觸到的餐廳的好壞就夠了，沒必要勉強自己做超出能力範圍的事。

別去排什麼「排隊名店」

我老媽最討厭在吃東西的地方排隊。她總是說：「不排隊就吃不到的話，不吃也罷。」她的意思雖然是吃自己吃得起的東西就好，裡面卻有類似尊嚴的東西存在。

以前，淺草的松屋百貨可誇張了。人們總是在餐廳買了餐券，走到座位邊，站在還在吃的人背後等。有人會對同伴大喊「喂，這邊的位子快要有空了」，搞得還在吃的人想慢慢喝杯茶也不行。難得和家人一起出門吃飯，卻被另一家人站在後頭監視著，說什麼「這個位子快要可以坐了」，施加無形的壓力，只差沒直接把「快吃完走人吧」說出口。老媽對這種事很有經驗，所以才經常把「吃個東西還要排隊，難看死了」掛在嘴上。

話說回來，時至今日，情況依舊沒變。所謂「大排長龍的拉麵店」，總是得排隊等上幾個小時才有得吃。讓客人排隊的拉麵店老闆也有不對的地方，老闆不但不該要客人排隊，反而得說「請不要排隊」才行。讓客人排隊，自己不覺得可恥嗎。連讓客人排隊有多丟臉都不懂，愈是這種店愈會擺臉色給客人看。

那些客人也是活該。排隊等了好幾小時，好不容易才能吃上一碗拉麵。做到這種地步也要吃的人實在是夠窩囊了。這和飢餓的動物有什麼兩樣？

人類和動物不同，人類懂得好好吃飯，不是光憑本能進食。動物為了生存下去，非得吃東西不可，不管挨打或挨踢，看到食物就是撲上去猛吞一頓。可是，人吃東西不光只是為了生存，姑且還是有一點文化的。

排隊吃飯稱得上是文化嗎。上班族說著「中午吃立食蕎麥麵果腹就行了」，站在擁擠的蕎麥店外排隊，好不容易一碗天婦羅雞蛋蕎麥麵端上來了，兩三口扒進嘴裡吃完就走。這實在很難稱為文化吧。

偏偏，這時對面還有大談「文化」的蠢材。我總是想，這傢伙在胡扯什麼啊。說著「那部電影的分鏡啊……」什麼的，賣弄自以為是的評論，其實不過是被新聞牽著走，根本沒有任何自己的文化。在高談闊論文化之前，還是先改改你吃蕎麥麵的方式吧。

超市的廉價商品讓日本人連精神都變廉價

為什麼日本多了這麼多沒有文化的「精神上的鄉下人」呢？

我想，有一部分的原因或許是資本主義的錯。大量生產、大量銷售與大量消費。大型超市不斷開幕，古早時代的商店街逐漸消失。超市裡賣著方便又便宜的大量商品，店家與客人之間的人際關係卻因此消失。

在還沒有超市的時代，大家就算沒什麼事也會去乾貨行找老闆娘聊聊天。如果買了這個，店家又會另外附送那個，商店街就是這樣的地方。在這樣的模式下，商店街能維持生意，店家與客人之間也會產生人際關係。然而，現在買東西都在超市，那裡只有賣便宜的東西，卻無法產生任何人際關係。會被櫃台結帳小姐記住長相的，應該只有跟蹤狂吧。要不然就是順手牽羊的小偷。

超市例行公事般地賣東西，客人也只是例行公事般地買回家，這樣的行為不斷重複，愈來愈沒有溫情可言。這麼一來，強盜自然會上門。現代超市或便利商店經常遭搶，從前的商店街可從來沒有遇過強盜，就是客人和店家彼此相熟的緣故。

和商店街不同，現在不管是超市或便利商店，店家認為只要把東西賣掉就好，客人則認為只要能買到便宜貨就好，創造人際關係的文化已不包含在買賣行為之中，這和站在立食蕎麥麵店外排隊沒什麼兩樣。超市櫃台前排隊等結帳的客人，和站在立食蕎麥麵店外等著進去吃麵的上班族，看起來不是一樣嗎。

從前的日本，大家不管再窮，也不會只因為「那間店很便宜」就去排隊。不願意為了買東西做到那種地步，即使貧窮也不想拉下臉去吃那種東西，從前的人擁有這樣的尊嚴。其實這說起來是在硬撐，但是現代人連硬撐都放棄了，乾脆厚臉皮地豁出去。和過去「窮歸窮，但絕不做可恥的事」不一樣，現在人說的是「我就是窮嘛，有什麼辦法」。簡單來說，就是直接承認了貧富差距。

以前的人自認貧窮，也接受貧富差距，但是精神並不匱乏。窮人也有窮人的驕傲。即使處於經濟匱乏的狀況，絕對不願意連精神都陷入窘境。我總覺得，以前的人在這方面還是有一條底線存在。

現在的人已經失去那條底線。就像小孩忤逆父母或老師一樣，如果有大人罵不會念書的小孩「你是笨蛋嗎？」小孩還會滿不在乎地回應「對啊，我就是笨嘛」。如果父母說「為什麼不好好念書」，小孩又會用「為什麼？什麼『為什麼』？」之類莫名其妙的答案頂撞。曾幾何時，現代的大人也像小孩一樣厚臉皮了。現在那些厚臉皮的傢伙說的藉口只不過是詭辯，沒有一絲精神上的尊嚴。已經變成這樣的時代了。是國家和大規模的資本的算計，令百姓失去了精神上的尊嚴。

大量銷售的廣告不都喜歡強調價格有多低廉嗎，為了讓客人帶走商品，簡直就像對著客人說「很便宜喔，拿走吧小偷」，等於把客人當作小偷。一聽到電視購物頻道說：「真是驚人的價格，賣這種價錢真的可以嗎？」大家就毫不懷疑地紛紛下單，怎麼都沒人想過宣傳費從哪裡來。

說得簡單一點，國家舉全力創造了窩囊沒用的人。儘管拉抬了經濟，卻也奪走日本人的尊嚴。貧富差距雖然是國家造成的，我們卻不痛不癢地接受了。

從前的舊街區，就是個「村莊」

雖然這麼說對鄰居頗為失禮，我小時候住的足立區，無論經濟或教育水準都糟糕到了極點。同一個足立區可以大分為兩個區域，從東京都心過去，過了隅田川就是千住，再往前跨越荒川上的千住新橋，則會來到我的出生地梅島，以及以「大師[1]」聞名的西新井等地。再往前就是東京北邊的郊區竹之塚。

千住一帶從前是日光街道上的宿場町[2]，整體來說還算熱鬧。我們家所在地荒川北側則是非常貧困的地區。大多數人中學畢業就開始工作，像我這樣繼續升高中的很罕見。或許也與當時戰爭剛結束，社會上依然一片混亂有關，總之到處都是窮人，這些窮人做的家庭代工都是黑道流氓在管，那些人又凶惡得很。反正，生活中沒有什麼好事可言。

貧窮最令人恐懼的，是窮人中還會誕生階級歧視。最常欺負我的是計程車司機的兒子，他總喊我是「油漆工的兒子」，把我整得很慘。

現在想來令人難以置信，在那個時代，開計程車的人竟能如此耀武揚威。因為會開車，又是接送貴客的職業，地位硬是比一般人高了那麼一些。相較之下，油漆工的衣服難免沾上漆漬，地位就低人一等了。所以計程車司機的兒子老是瞧不起我。不過，我也瞧不起農民的兒子就是了。

現在的歧視和當時的歧視程度根本不能相提並論。國家一窮，世間和人的價值觀都會跟著扭曲。像是醫生這一行，現在動不動就被病患告，從前可是有如神明般的存在。只要有誰一發燒，家人馬上緊張地嚷嚷「快請醫生來看看吧」。不管醫生說什麼，病患都照單全收，就算沒有治好也不敢抱怨。

根本不會有人說出「醫生，你的治療失敗了吧」之類的話，大家連訴訟這個行為本身都沒聽過。醫療失誤是理所當然，很多人就這麼死了也不一定。以前就連動個盲腸手術都可能因為手術失敗而死。仔細想想，我家附近還有一間強調「生還率百分之二十」的醫院呢。

但是，住在舊街區的人對這種狀況似乎看得有點開。

這一帶就像個村莊，住在裡面的人很講求人情道義。買任何東西一定在固定的店買，乾貨就在那間乾貨店買，吃壽司就吃某某壽司店，吃蕎麥麵就去某某蕎麥麵店，買衣服的地方也是固定的，除了這些店之外不會去其他地方。頂多偶爾逛逛松屋百貨，但是在日常生活中，所有人一定在相同的店家消費。

有一次，附近開了一間新的壽司店。一般來說，消費者總喜歡去新開的店嚐嚐新，在我們那裡卻是誰也不去。老媽說：「去那種地方，要是被看見了怎麼辦？多失禮啊。」好像去了新開的壽司店，就是背叛原本的老壽司店似的。不過，因為附近所有人的想法都是這樣，那間新開的壽司店很快就倒了。

那裡的人際關係就是如此緊密，大家彼此扶持著過生活。這就是東京的舊街區，說起來真的很像村落。

小學裡的老師偶爾會去那間老壽司店吃飯。每逢學校運動會或遠足，壽司店老闆會為沒便當帶的孩子煮飯，送到學校給他們吃。這種時候，附近的人也會彼此討論「誰誰誰家的孩子大概沒便當帶吧」，大家東湊西湊，湊一筆錢給壽司店或烏龍麵店，請老闆幫那些孩子準備便當。這種類似組織向心力的東西，在我們那裡非常強大。舊街，真的是個很奇妙的地方。

1 指弘法大師空海。

2 宿場為日本古代的驛站，圍繞宿場發展的城鎮為宿場町。

對不認識的人視若無睹的舊街品格

不過，該怎麼說呢，要是一味稱讚「舊街區真是有人情味」，那也不完全正確。我每次看《男人真命苦》系列電影，就覺得導演山田洋次一定不是在舊街區出生長大的。果然沒錯，他是大阪人。

他到底在想什麼啊。什麼游手好閒、四處放浪的阿寅，舊街區根本不可能有這種人。車寅次郎那傢伙，怎麼看都是在道上混的流氓吧。在我們舊街區，要是有在外混黑道的小哥游手好閒地晃回來，大夥兒可是會生氣的。

看到平常不見人影的流氓忽然跑回舊街區，還衝著路人喊「喂，年輕人」，大家只會氣得大罵「開什麼玩笑，跑回來幹嘛？」會這麼生氣才對，像電影裡那樣說出「阿寅，回來就好」這種話是不可能發生的事。

舊街區這種地方的習性，就是不想和不相干的人扯上關係，其他事怎樣都無所謂。人際關係只建立在自己日常生活的範圍內，除此之外一點興趣都沒有。但也因為這樣，才能不給人添麻煩地活下去。

以前，有個演藝人員搬到我家附近。聽說是坂本九先生的舞群還是什麼的，光是這樣就稱得上名人了。街頭巷尾都在說「那個人有上電視」，還有個笨蛋真跑去找他要簽名。當時，周遭的反應實在有趣。

有人說：「怎麼能去跟人家要什麼簽名呢，會造成對方困擾吧。」

另一個人說：「那種人，放著別管就好。」

還有人說：「那傢伙竟然成名人了，真蠢。」

總之就是不想跟對方扯上關係。

江戶時代的農村，若有人違反村裡的規矩，可是會被趕出村外的。舊街區居民之間的向心力也不惶多讓，我們會對親朋好友說「在我家吃頓飯再走吧」，對不認識的陌生人卻是徹底無視。「沒關係，在我家住一晚吧」這種話絕不可能在這裡聽見。所以，一有小偷侵入，居民馬上就會發現。聽到哪戶人家東西被偷，立刻就能判斷「小偷就是那傢伙」。因為附近來了不認識的人。

然後誰都不來舊街區了

話雖如此，舊街區當然也是有幹壞事的傢伙。我就在南千住被勒索了好幾次，這裡也有會偷腳踏車的小孩子。

不過，他們的做法也很滑稽，不是默默牽走腳踏車，而是擅自跨騎上去，坐著等車主回來，然後說「這輛車是我撿到的」。

「什麼叫做你撿到的？我就是停在這邊！誰會把這種東西丟掉啊。」

「不，這是我撿到的。」

如此堅持著要對方付錢，理由是「我幫你撿回腳踏車，你得付錢贖回」，這種傢伙還不少。

還有，看到賣關東煮的攤販拉著攤車來了，也會擅自打開鍋蓋拿裡面的東西吃。這麼一來，賣關東煮的小販當然會發火。

「你在幹嘛！」

「沒幹嘛。」

「你吃了我的東西吧！」

「才沒吃咧。」

「走開，臭小鬼。別跟著我！」

即使如此，小鬼還是不走。

「幫你推攤車吧？」

「不用，不需要你幫我推。」

說著說著，小鬼又打開鍋蓋偷吃了什麼。

「你這臭傢伙！吃了我的章魚對吧？章魚嘴都從嘴裡跑出來了！」

「我才沒吃，那是我的舌頭。」

「誰的舌頭會長吸盤啊，你這個混帳。」

最後，賣關東煮的氣得用杓子舀起關東煮湯汁潑灑那些小鬼。大家嘴上喊燙，卻對著杓子張嘴。

「為什麼我要餵你們喝湯啊！」

一邊這麼說，賣關東煮的一邊撂下「這種地方，老子再也不來了」的狠話，大罵

「你們這些窮人」，就此離開。

還有，看圖說故事的大叔原本也常來。做這種生意的大叔會在腳踏車貨架上放紙畫片的箱子，一邊看圖說故事，一邊賣些麥芽糖或醬汁仙貝，賺小孩子的錢。一般的做法都是找個地方停下腳踏車，敲著響板喊「說故事的來囉」，吸引鄰近的孩子聚集。不過，慢慢地，連看圖說故事的腳踏車也不來了。

若問道「這附近怎麼沒有看圖說故事的腳踏車」，得到的回答會是這裡的孩子們總是擅自爬上腳踏車，自己拿了麥芽糖到公園裡吃，或是霸佔畫片自己說起故事來。

「這些小鬼是怎麼回事啊！這種地方我再也不來了！」

不管是賣關東煮的，還是看圖說故事的大叔，來到舊街一律嚷著「這種地方我再也不來」，然後憤而離開。

為什麼貧窮老街的工匠那麼帥

我老爸原本是漆器工人，後來轉行當油漆工。住在附近的都是像我老爸這樣的工匠，比方說我家對面，住的就是個木工師父。

小時候的我，受到這些師父許多照顧。小學或國中時的工藝課會出習題，我帶著課堂上領到的木材回家，習題可能是得做出一艘船之類的東西。放學回家路上，我就順路繞到木工工地，拜託在那裡的木工師父說：「大叔，幫我切這塊木頭。」大叔一邊嘀咕「混帳，什麼事啊」，一邊手腳俐落地用鋸子快速鋸好木塊：「喏，拿去。」就在這時，工地裡的其他人也圍了上來。「要做船啊？不如像這樣裝上煙囪吧？」眾人七嘴八舌，我的木船細節也愈來愈講究，最後做出一艘精緻得不得了的船。

「白痴啊，小學生怎麼可能做出這種船，還連鑿子都用上了，這是想怎樣？」工匠還會這麼爭執起來。不過，實在很有趣。

工匠最令人羨慕的，就是擁有上班族沒有的自由。由於不受組織束縛，工作時可以加入一點自己的想法。那就是所謂工匠脾氣吧。

舊街區的工匠，在工作結束後，一定會去髒兮兮的小酒館喝兩杯。固定去同一間店，直接穿著工作服喝口酒，喃喃自語「呼，真美味」。那身影真是帥翻了。

每次去的都是同一間便宜的店，絕對不去其他地方喝。就算去了其他店也不適合自己。喝的永遠是同一種酒。「才不喝什麼威士忌咧，混帳，喝酒當然要喝日本酒啊」，說著這樣的話，在日落時分獨酌。喝著喝著，從各種不同工地回來的工匠們陸續到齊，大家總是混在同一間居酒屋裡。

木匠和水泥匠住得很近，彼此都是熟面孔，互相喊著「喂！」招呼對方坐在一起，熱情地要對方「來吃吃這個」。「最近怎麼樣啊？」、「囉唆，別多管閒事，你這混帳」，也會像這樣開開玩笑。或是開始抱怨「那個木工師父不行了」、「現在蓋的那棟房子都歪了」之類的話。

有時碎唸抱怨，有時笑著喝酒，下酒菜也只吃燉菜或味噌小黃瓜之類的簡單東西。那又怎麼樣？這樣才帥啊。

此外，他們對人生抱持某種程度的豁達。「我這樣過就行了」，說著說著便認同了自己的人生。在他們腦中沒有「將來要靠這份工作飛黃騰達」的念頭，只要不愁吃穿，即使無法揮霍度日也無妨，反正生活過得去。「只要每天下工有酒喝就很幸福了」抱著這樣的想法喝酒，那種氣氛真令人羨慕啊。

錢本來是髒的

貧窮很可怕，誰也不想過窮苦日子，可是，只要知道自己的分寸就不會覺得痛苦。有錢本來是一件沒品的事，但以前的富人都很有品。為什麼這麼說呢，因為他們不會炫耀財富。

毫不掩飾欲望就會變得沒品。把這裡的「欲望」改成「本能」也可以，因為飢餓所以進食，因為想要錢所以賺錢，像這樣光靠本能活著的人，和動物沒有兩樣。

道地江戶人從以前就常說「身上的錢不過夜」。我對這句話的解釋是，那是貧窮庶民最低限度的自尊，意指「我可不是為錢而活的人」、「錢那種東西存了要幹嘛？」。同時，也用這句話暗暗譏諷死要錢的人。錢本來是不潔的東西，從前的人很清楚，要是大量經手金錢，總有一天得付出代價。

所以，從前的富人一定打扮得一點也不顯眼。相反地，外表一看就是有錢人的傢伙，多半是沒品的有錢人。有品的富人瞧不起那種人，只會在內心暗忖「那傢伙不行，滿腦子都是錢，還穿得那麼浮誇。要是真那麼有錢，必須再對社會多付出一點」。

現代社會也有很有錢的富人，愈是真正有錢的人愈不引人注目，行事低調謙遜。大搖大擺的有錢人都是暴發戶，成天嚷嚷著炫耀財富。這種人年輕時大概為錢吃過不少苦。

還有，暴發戶又多半吝嗇。喜歡炫耀財富的人絕對不會請客。為什麼那麼有錢卻那麼小氣啊。在從前，即使是沒品到不行的暴發戶，至少對人還是很大方。

或許現代暴發戶沒學會「有錢」是怎麼一回事吧。既然錢本來是不乾淨的東西，用的時候就該用得乾淨。明明該去想怎麼樣把錢用得乾淨才行，現在的暴發戶卻是骯髒錢骯髒用。

比方說靠科技產業致富的有錢人之流，如今的暴發戶，花錢的目的都很下流，不是為了成名，就是為了吃美食、和美女上床。金錢只用來滿足自己的私欲，從未想過貢獻社會，真是無可救藥。

之前接受採訪時我也說過，我覺得自己最奸詐的地方，就是把錢全部交給老婆打理。為什麼要這麼做？因為我不想用自己的手碰錢這種髒東西，就把髒東西全部推給老婆。不過，我老婆也沒發現。

我雖然會用賺來的錢買公寓或經營不動產，就我老婆看來，只覺得「我家那口子還是會把錢都交給我」，渾然不知自己幫我處理了骯髒的東西。包括我的零用錢、房租，甚至連瓦斯費這種小錢都得斤斤計較，成天處理那些沒品的事，她卻一點也沒發現。就我看來，只是覺得「誰要去碰那種髒東西啊」。

被外國有錢人敲竹槓的夜晚

外國也是有沒品的有錢人，我就在洛杉磯遇過一個不得了的傢伙。那是一間據說連艾迪．墨菲也會光顧的著名日式餐廳，我們在那裡吃東西時，來了一個不知道是克羅埃西亞還是哪裡來的東歐有錢人。也不知道為什麼，那傢伙忽然開心地說「紅酒我請客」。

喝著喝著，他愈來愈激動，到最後更表示「所有人的飯錢全部算我的，吃什麼都行」，埋了店裡所有客人的單。說到底，他就是想炫耀自己是個有錢人，所以才會請所有人吃飯。我們當然喝得很開心啊。想說這人怎麼那麼好。

我心想，那傢伙過去一定也苦過吧，畢竟曾是社會主義的國家。社會主義終結之後，大概靠什麼方式賺了大錢。就像現在俄羅斯的石油暴發戶一樣，突然變成了有錢人，高興得忘我，巴不得讓人知道他有錢。這一點和日本以前的暴發戶沒什麼兩樣。

還有，來日本的外國人裡，我也遇過奇怪的傢伙。

有天，我突然心血來潮想慢跑，於是在家附近跑了起來。這時，一個外國人靠近我，喊著「武、武」。他用英文對我說了什麼，我回應「我不太懂英文」，對方就改用蹩腳的日語說：「我是、你的、電影的、迷」，將名片遞給我。

那傢伙在日本大型銀行擔任投資顧問，說自己是企業併購的專家，也提到他是德裔猶太人的事，似乎因為工作的關係經常往來日本與海外。他說：「我還會在日本待一個星期，要不要一起去吃個飯？讓我請客吧。」說著，在名片上寫了電話號碼。

不過，因為我也對他感興趣，就主動說了「我約你吃飯吧」。對方好像覺得很意外。

「咦？真的嗎？」

「真的啊，你有沒有朋友可以一起來？」

「那麼，我帶一個朋友去吧。」

就這樣，我預約了壽司店，雙方約在那裡吃飯。

那個專長企業併購的傢伙，照約定時間帶了一個外國朋友來，我也帶了一干年輕徒弟，大家一起吃喝起來。那傢伙興奮喊著「我最愛壽司」，吃了不少，葡萄酒喝的也是高級貨。我心想算了，反正自己也有喝。就在大吃大喝之後，眾人醉醺醺地準備回家，專長企業併購的傢伙掏出錢包。

接著，拿出一張萬圓鈔票。「非常感謝」，他這麼說。為什麼是一萬圓啊？兩個人不可能只吃了一萬吧？這裡可是相當高級的壽司店喔，不只喝光了兩瓶木桐酒莊的葡萄酒，壽司也盡是吃些鮪魚腹之類的好料，這樣竟然好意思拿出一萬圓說「這是我們兩人份的錢」。

那是在次級貸款釀成問題之前的事了，那傢伙又是搞金融的，年收入絕對有好幾億。一身有錢人的打扮。竟然掏出一萬圓，一個人付我五千。

穿愛馬仕的我會不會遭天譴

母親對我的影響果然不小，她常說：「銀行不可能白白借你錢」、「股票就是賭博」、「刷信用卡等於向人借錢花」。也經常告誡我「你啊，千萬別向人借錢，向人借錢準沒好事，會失去朋友的。」所以我從來不貸款，連一張信用卡都沒辦。

在淺草搞漫才時，我曾借過一次錢，那成了我最糟糕的回憶。因為沒有穿上台的表演服，向人借了五萬左右的置裝費，為了還那五萬真是費盡千辛萬苦。借的當下固然很感恩，漸漸地，看到借錢給我的人就像看到鬼。

明明欠錢的人是自己，當對方要我還錢時，心裡竟覺得「那傢伙真討厭」。同時，又覺得這麼想的自己很噁心。既然如此，不如打從一開始就不要向人借錢。我終於明白老媽說的是什麼意思了。「向人借錢準沒好事，一旦向朋友借錢，以後就連朋友都做不成」。

就這點來說，我老婆和老媽還滿像的。不管是買房子還是經營不動產，她都很討厭貸款。老婆娘家在大阪是有錢的資產家，只是發跡之前也曾辛苦過一段時間，所以很計較金錢。

和老婆剛在一起時，我搬進她家白吃白住。她住的是高級公寓，拿家裡寄來的錢生活，我不禁心想，這下可輕鬆了。沒想到，老婆的父母卻說「你們兩人自己好好掙錢過活」，從我們在一起之後就不再寄錢給她。說是已經要結婚的人了，還跟家裡拿錢也太奇怪。

於是，我們只得從高級公寓搬到龜有的破舊小公寓。我當時是個沒沒無名的漫才藝人，也沒什麼工作，整天在家打混。老婆開始去小酒館上班扛家計，真的是辛苦她了，所以我在她面前永遠抬不起頭。

正如前面所說，我的錢全部交給老婆保管，然後再向她領零用錢花。最近，我開始覺得這樣也不錯，因為每次跟老婆吃飯，除了零用錢之外她還會買東西給我。我們夫妻在這方面感情或許還算不錯，每星期必定一起吃一頓飯。兩個人一邊吃飯一邊說各種事，每次吃飯，我就會獲得非常好的待遇。

如果有陣子比較少聯絡，碰面吃飯時就會聊得停不下來。這種時候，如果我提到「那件衣服好像不錯」，老婆就會立刻買給我。如果我說愛馬仕好，她會從外套到鞋子全部買給我。連手錶也買。我就想，什麼嘛，原來只要跟老婆吃飯，就會收到各種東西啊，真不錯。於是我把跟老婆吃飯當成工作，每次都興匆匆地出門。

不過呢，關於我穿愛馬仕這件事也要好好想想。銀座那間瑞典服裝店，叫什麼來著？H＆M是吧？我在新聞上看到，好多人去排隊。說是要買跟知名設計師合作的聯名商品，價格又很便宜。我一看，一件外套只要四千九百八十日圓。咦？我一件外套的錢，在那裡可以買一百套啦。

這事實令我一陣頭暈目眩。外觀看起來沒什麼兩樣啊，太教人火大了。我到底在幹嘛啊。搞不好H&M和愛馬仕用的布料根本沒差，只差在衣服裡有沒有印上「HERMES」罷了。再怎麼說是老婆買給我的，為了一件能買一百件H&M的愛馬仕沾沾自喜，這樣的我該如何自處。

我覺得自己做了很糟糕的事，搞不好會遭天譴。這樣豈不是成了沒品的暴發戶嗎。H&M也真是的，就算騙人也好不能把價錢訂高一點嗎？或是愛馬仕的外套一件賣四千九百八十日圓也是可以。

電視節目下流放送

如果允許我先不算上自己的話，我想說，沒有比電視更下流的東西了。

電視節目本身就很糟糕，內容不出三樣：情色、飲食、搞笑。簡直就像帕索里尼導演的電影《索多瑪一百二十天》。電影中統治者不斷重複著變態行為，索多瑪出自《舊約聖經》的地名，據說索多瑪城的人因為太缺德，被天神降下了懲罰。

那和當今日本的電視實在很像。我不懂，為什麼每個節目都要吃那麼多東西，如今電視上的飲食節目多到令人難以置信。什麼百貨公司地下美食街、全國各地名產、成年男女去的隱藏版名店，說來說去都離不開食物。

吃個不停的胖子受到大家推崇，觀眾看到電視上出現大食量的傢伙就會很開心。店家端上小山一樣高的飯菜說「來，請吃吧」，電視台一邊播出這種節目，一邊又播出「非洲飢餓的孩子有多可憐」的紀錄片。腦子有問題是吧。

至於出現在電視上的傢伙，也有許多讓人不禁懷疑他們究竟靠什麼吃飯。不知道在評論什麼的評論家、沒拍過幾部電影的導演、不知名大學的大學教授。還有散文家，這傢伙的工作真的只有寫散文嗎？根本沒看過你這傢伙的散文集啊，拜託頭銜至少改成「自稱散文家」好嗎，真傷腦筋。

像是黛比夫人，其實應該是「黛比前夫人」吧。她的老公印尼前總統蘇卡諾早就已經過世，更別說她只不過是四位夫人中的第三夫人罷了。這根本是冒名。

聽這些人在電視上談論什麼是品格什麼是上流，豈不是太滑稽了嗎。不管是政治評論家還是什麼人，統統冠上「名嘴」的稱號，在娛樂新聞節目裡高談闊論，簡單來說就是電視咖嘛。明明和我們一般人沒兩樣，說得自己好像很厲害似的。

「電視上說的都對」的危險

大家都沒發現電視是個多不嚴謹的東西。好不容易，最近終於有人開始注意到「電視就是把大眾往奇怪方向牽引的媒體」，不過因為電視全盛期太長，日本人對電視做出了過度的評價，普遍認為能上電視的人都很厲害，電視上說的什麼都對。

「昨天看電視是這麼說的」、「那傢伙是不是有上過電視」，諸如此類，媒體上的人事物成為決定優劣或對錯的基準。搞不好電視媒體連政治的主導權都掌握在手裡。

我認為這是非常危險的事。隸屬電視台的女主播單純就是偶像明星，只有長得好看的人才能當成女主播。氣象預報也是，雖說需要具備氣象預報士的執照，如果誰播都沒差的話，一定只會讓長得可愛的女生來播報吧。連播報新聞的女主播都只用可愛的女生，認真播報新聞的只剩下ＮＨＫ和北朝鮮了。

會讓樸素認真的阿姨大嬸報新聞的，只有朝鮮中央放送和日本放送協會。兩者都是國營機構。

忘了是什麼時候，有一次我自己在電視機前咯咯發笑。那時，電視在播「民主黨鳩山幹事長在眾議院預算委員會中……」的新聞，我心想「咦？朝鮮電視台怎麼用日語播報，真奇怪。但是女主播也沒穿韓服」，定睛一看，才發現那是ＮＨＫ。都怪我看太多偶像主播了，即使只是一瞬間，我還是覺得這個誤會好笑得不得了。

話說回來，新聞本身也很誇張。說是「新」聞，卻沒有半件新鮮事。不管哪裡發生了殺人事件，被害人肯定是美女，事件裡死掉的孩子一定是好孩子。好像只有開朗活潑的孩子會死，陰沉的孩子都不會死。所有的事情都是照著媒體決定好的台詞在走。

新聞節目有一定的模式，記者前往死者家附近採訪，問的也是固定的問題。就連接受採訪的媽媽也只會說一樣的話，像是「她是我們這一帶出名的美人，竟然就這麼死了，真是太可憐了」，或是「那孩子那麼討人喜歡，怎麼會遇到這種事」。絕對不會有人搞不清楚狀況說出「他是個沒禮貌又討人厭的小孩」這樣的話，就算說了，那一段也會被剪掉。

你也可以變明星——才沒有這種事

拜電視之賜，不知從何時起，搞笑藝人成了有身分地位的人。和以前完全相反。以前的人會說「真是傻瓜，當什麼搞笑藝人啊」。說到搞笑藝人，前面還加上「什麼」的輕蔑語氣。因為搞笑藝人的社會階級低，比一般人還低，在世人眼中，搞笑藝人是墮落的一群。

我聽人家說，「品」這個字原本是佛教用語。「上品1」、「下品2」當作佛教用語時，讀音和平時不同，分別是「jyobon」、「gebon」。「上品」與「下品」之間還有「中品」。人在前往極樂淨土時，似乎會被區分等級，最好的是上品，再來是中品、下品，像這樣分成三等級。上、中、下品又再各自內分為三等級，全部加起來有九個等級，是為九品。愈遵循佛教教誨的人等級愈高。

太難的道理我不懂，請容我略過。總之，若說「品」是判別人類本身階級的基準，世間的藝人諧星終究還是屬於「下品」。

反過來說，以前的諧星紅了，手頭就算有幾個錢也不會招到批評。因為那只是沒品的傢伙擁有沒品的東西而已。或者說，旁人都以寬容的態度看待這件事，「他都那麼墮落了，至少讓他有點錢吧」，世間的想法是這樣的。「就算有錢又怎樣，他終究是個搞笑藝人」。

現在的想法卻變成「搞笑藝人真厲害」。即使是窮諧星，只要能上電視就變得很了不起。明明是「下等人」，卻爬到「上流階級」。於是很多人開始覺得自己說不定也能辦到，最好可以在電視上大紅大紫，賺進大把鈔票，抱持這種想法的人太多了。

之所以出現這種現象，或許是因為在這個時代，出身自怎樣的家庭已經決定了你未來的生活。人在呱呱落地時就產生了階級差異。從前的人還可以依靠接受教育來弭平階級差異，如果想飛黃騰達，只要好好用功讀書考上好學校就行，現在光是進好學校都需要花錢。沒錢上補習班的傢伙絕對無法往上爬。

既然無法靠教育往上爬，不然靠運動吧。錯了！成為運動員也是很花錢的事。高爾夫也好網球也好花式溜冰也好，只有從小學習的人才有可能成為頂尖選手，為此，需要先付出相當大的一筆金錢。

有什麼是不用花錢就能辦到的嗎？對了，就是成為諧星。為了成為諧星上電視，有些人會先加入藝人培訓學校。在那裡還是得每個月付學費。付了兩年不等的學費，有才華的人或許能找到搭檔，組成團體出道，也有人白白付了學費卻得不到諧星的工作，還被說是因為沒有才華。

現實很殘酷，不過，現代人也似乎誤會了什麼。

從前街頭電視[3]的時代，人們都很崇拜力道山。喜歡力道山所以聚集在電視機前為他加油，但不會有人將來想成為力道山。力道山是大明星，對一般人而言是遙不可及的存在。長嶋茂雄是如此，美空雲雀也是如此，因為遙不可及，存在「夢想」世界裡，所以是明星。

讓人覺得無法匹敵的人，才夠格稱為大明星。可是漸漸地，一般人開始認為「我說不定也能成為明星」，「一般人」和「明星」之間的距離被縮短了。這都是電視的錯。

1 日文中上品（jyouhin）有高雅、高級、上流的意思。

2 日文中下品（gehin）有庸俗、低級、下流的意思。

3 指一九六〇年代，電視尚未普及，電視台為了獲得觀眾吸引更多廣告商，在熱鬧的街道、車站、百貨或公園等地裝設電視機公開播放的時代。

大家都是這樣上當的

電視很適合用來當詐騙工具。日本所有的產業都在利用電視進行新型態的詐騙，電視節目就是他們的先鋒部隊。掌控電視的那群人為了賺更多錢，打造出如今人人都能成為演藝人員的情境。畢竟，只要把演藝金字塔的底層擴大，產業本身就能賺更多錢了。

原宿之類的地方不是有那種挖掘模特兒的星探嗎。嘴上說著「妳有希望成為模特兒喔，到時候就可以出現在雜誌或電視上了」，騙取女孩的金錢。以「登記費」或「拍照費」等名義光收錢不做事，根本不會真的介紹模特兒工作，完完全全是詐騙。

不過，這種模特兒經紀公司之所以能夠成立，追根究柢還是因為有人會上當。愈是那種怎麼看也不可能成為模特兒的人，愈容易付錢。在路上遇到星探，嘴上說著「咦？我不可能啦」，最後還是掏出錢來「好吧，如果只是登記的話」。一看就知道是詐騙的行為，還是有人會上當。

說到類似的事情，最近好像也有在路邊賣運勢書的。是叫《開運曆》嗎？上面寫著「干支」或「一白水星」之類的字眼，就是那種書。最近那種書好像挺有銷路的，賣的人打扮成托缽僧的樣子，頭上戴著遮住大半張臉的斗笠，站在放錢的箱子前。可是，往腳下看去，那傢伙竟然穿著球鞋，再仔細看他的腳，膚色竟然是黑的，這傢伙根本就是黑人吧。

因為戴著遮住臉的斗笠，完全看不到對方的臉。模仿托缽僧的樣子，敲著鉦鼓，站在路邊說「請來買開運曆」，那日語聽起來也很奇怪。球鞋上有「Nike」字樣，太可疑了。

話說回來，如今的詐騙和以前不同，一個不小心，財產就會被搬空。即使如此還是有很多人輕易上當。像是養殖蝦之類的詐騙手法，說什麼「投資菲律賓的養蝦事業，一年可以翻一倍」，用這種方式集資。想也知道，養蝦怎麼可能賺錢，更不可能有成本一年翻一倍的好事。仔細想想就知道不可能賺錢的事業，為什麼大家都要拿錢出來。是以為自己特別幸運嗎。

詐騙集團多半會發出一種可疑的氣息，為了掩飾自己的可疑氣息，於是在豪華飯店舉行說明會，找來演藝人員站台。會被詐騙集團騙的人，除了內心深處存在想發財的欲望，往往很吃「電視上的明星推薦」這套。這麼說來，電視豈不是間接成了詐騙集團的幫手。

就各種層面來說，電視讓人變得相當沒用。不過，或許只有讓大眾變得不中用才能賺錢。近來電視台的經營虧損，狀況不是很好，取代電視地位開始賺錢的是ＩＴ產業。大家不是用手機就是用電腦傳電子郵件、下載音樂和遊戲，正因如此，ＩＴ企業荷包賺得飽飽的。

對使用者來說，隨時隨地都能打電話、傳送照片甚至看電視是很方便，每個人都很依賴這些產品。

可是，大家都沒發現，你每次使用這些東西都在付錢。手機也一樣，不斷推出新機種，很多人一天到晚換新的。大眾的錢就這樣流向ＩＴ產業，所以我想，接下來讓人變得沒用的就是ＩＴ產業了。

下流選舉、下流政治家，還有下流國民

以前常聽到一種說法，只要看一個國家的政治家，就能看出國民的水準。沒記錯的話，好像是邱吉爾說的。

這麼說起來，二〇〇八年的自民黨黨主席選舉，就是一場很低級的選舉。候選人有五個，忽然從小型巴士裡探出上半身揮手。幹嘛啊，看到這個我只會覺得很做作。一旦當上總理大臣，身邊立刻安排好幾個保安人員，看到可疑人士接近，一定馬上把對方趕開。唯獨選舉時刻意從巴士裡探出頭來揮手，不然就是特地到商店街

去，一邊寒暄一邊和歐巴桑握手。（校注：這場黨主席選舉結果由麻生太郎當選，他之後成為第九任內閣總理大臣。）

我從沒看過那麼沒品的嘴臉，為了選票不惜做到這種地步嗎。那你選上後也做一樣的事如何。

說到日本的選舉大概都是這樣，只有在要你的選票時不斷握手、握手、拍紀念照、拍紀念照……不覺得很好笑嗎。最好笑的是有那種「因為他跟我握手了」所以把票投給他的大嬸。跟當過藝人的議員握了手就說「哎呀，一輩子都不洗手了，投票給那個人吧」之類的話。真不希望你這種人也有投票權。

議員都是這種水準的人選出來的，候選人當然會做出那些沒品的事。受不了。「只要看一個國家的政治家，就能看出國民的水準」，這句話說得真對。

政治家就像是映出國民的一面鏡子。若從民主主義的角度來思考，議員的責任應該是國民的責任。

日本國民會抱怨國會議員，卻從沒想過那些人都是自己選出來的。只會說「政府官員退休後成為肥貓的事層出不窮，都是那些國會議員的錯」，我聽了真想吐槽他們

「選出那些國會議員的人就是你吧」。不過，我想那些人頂多只會回答「嗯，這麼說也沒錯啦」。

在談論「國家的品格」前，還有別的事該做吧

的確，政治人物退休後任企業要職的事情層出不窮，這確實是政治家太沒用了。有個國會議員曾告訴我這麼一件事。

那傢伙為了結構改革之類的事槓上財務省，當時國稅廳的人忽然找上門來。聽說還來了兩次，一副若無其事的樣子說：「議員，要是您把事情鬧得太大，我們這邊也會盯上你喔。」說著，國稅廳的人向他遞出詭異的文件，內容大概是和政治獻金有關的東西。

議員這邊當然也出了點小差錯，簡單來說，就是萬一那份文件浮上檯面，他就會牽扯上逃漏稅之類的醜聞。據他所說，看到那份文件時，心裡真的覺得不妙。然而，國

稅廳的人只在他眼前亮了一下文件就迅速收回，留下一句「懂了吧」就回去了。從此之後，他再也無法攻擊財務省。

這和俄羅斯政府的手法一樣喔。在俄羅斯，如果有人說普丁的壞話，稅務署的人瞬間就會找上門。假設電視台主播在新聞節目上提出對普丁總統政策的批判，稅務署的官員也會立刻趕來，從主播到製作人全都被革職。

就像這樣，不管在哪裡，政府的勢力始終很強大，政治酬庸下的肥貓永遠不會減少，甚至連演藝圈都會出現這種肥貓。

我經常在節目上和民主黨議員談話，看到今日的時局，還真希望民主黨快點把政權拿到手。這麼一來，到時我就可以說「民主黨果然也和自民黨沒兩樣」了。

民主黨的人現在提出什麼政權公約，說是和自民黨的選舉公約不一樣。不過我有時會想，那些真的能夠實現嗎。「全面禁止政治酬庸」？「免收高速公路過路費」？辦得到的話就試試看啊。想也知道不可能嘛。現在的日本，即使取得政權，大概也無法輕易改變國家結構。一旦民主黨取得政權，下次就輪到他們巴著權力不放了，政府官員做的事都一樣，一切只是不斷重複。

言歸正傳，談回「品格」吧。這個時代，有品的國會議員應該試圖推動所有自己倡議的政策，不過想必無法達成，此時就該負起責任辭職。該做的都做了，只是遇到太大的阻礙，因此辭職以示負責。這是最帥氣的做法，坦言「對不起，我辦不到」，然後下次選舉再次出馬，倡議相同的政策。這麼持續下去，或許哪天就輪到這傢伙的時代來臨。

說到國家的品格，想想日本這個國家，現在品格真是愈來愈低落了。國民下流沒品，官員與政治家也下流沒品。整個社會結構沒有任何改變，也無法改變。舉例來說，要是你認為「日本憲法是美國強行推動的」，對此有所怨言，那就快點制定一套新的憲法出來啊。

只要這麼一說，那些人馬上端出憲法第九條，吵著說修改憲法第九條是踐踏和平的行為。根本就不是那樣，重要的是舉行一次全民投票，重新制定新的「非戰憲法」不就行了嗎。

說得極端一點，就算修改後的條文內容和現在一模一樣也無所謂。只要舉辦全民投票，就代表讓國民靠自己做一次決定，那麼一來，憲法就不再是美國硬塞給我們的東西了吧。即使從頭走一遍修憲的程序，到最後結果還是護憲也無妨。可是如果不做一次這種事，這個國家就不可能有任何品格可言。

2 夢想

夢想實現，
你的人生就結束了

正因為遙不可及，才能叫「夢想」

如今是個「夢想」跳樓大拍賣的時代。夢想一點價值也沒有了。「只要持續許願，夢想就能實現」、「抓住夢想的魔法咒語」、「夢想不會背叛你」、「瞬間實現你的夢想」……電視也好書籍也好，這類說法多到誇張。到處都放送著「Dreams come true」的口號。

年輕的小哥與小姐們，在接受街頭採訪時回答「我的夢想實現了」，仔細一看，所謂實現的夢想竟然是「買到名牌包」。以夢想來說，這未免太寒酸了吧。說什麼「一直很嚮往擁有這個包包」，結果卻是在二手店便宜入手。那些會把「終於實現我的夢想了」掛在嘴上的傢伙，夢想的內容多半很寒酸。

美夢是用來期待的，能夠輕易實現的不叫夢想。

現在所有東西都被冠上「夢想」兩字。到最後還說出「你明天的夢想是什麼？」這種話。夢想已經不是未來的事，而是明天的事。「我明天的夢想啊，是在很難預約的某某餐廳吃頓飯。」這種東西根本不是夢想啊。

就連非常寒酸的小事也全成了「夢想」。既然是夢想，不是絕對辦不到的事或不可能實現的事怎麼行，真傷腦筋。

現代人的選擇太多，選項增加了，過去是夢想的事也變得不再是夢想。在過去窮苦人家的概念中，所謂的夢想是「這輩子在死之前能去一趟夏威夷旅行」，或是「參加猜謎節目贏得一百萬獎金」之類的事。可是，現在夏威夷人人都能去。旅行社打著「驚人價格！夏威夷特別旅行團，每人團費兩萬八千八百圓（不含燃料稅）」的廣告，有時燃料稅還比團費高。

在我小的時候，說到一百萬，那可是一大筆錢。如果有一百萬，不知道能吃幾碗豬排丼呢，說不定還能買下整間雜貨店的口香糖。我們小時候活在這樣的世界，說起來真的很寒酸。不過那就是從前人的夢想，即使寒酸，對我們來說還是遙不可及。當然，那些事現在已經唾手可得，無論夏威夷旅行或一百萬日圓都不再稱得上是夢想。

然而，現代人口中的夢想，儘管內容不同，寒酸程度卻和從前的人沒什麼兩樣。經濟狀況明明變得這麼好，卻還維持著寒酸的夢想，這不是太好笑了嗎。夢想竟然是上人氣餐廳吃飯。我真是無言了。

夢想連人格都能改變

古典落語劇目《芝濱》裡也談到「夢想」。

賣魚的主角是個不愛工作的酒鬼，有天早上，被老婆叫起來出門工作。由於時間還早，海邊的魚市場還沒開，就著海水洗臉時撿到了一個皮製錢包，裡面裝有四十二兩銀。他心想，這下可吃喝玩樂一輩子不用工作了，回到家找朋友盡情吃喝，大肆喧譁一番，就這麼喝醉睡著了。

隔天早上，老婆問：「昨天的酒錢怎麼辦？」他說：「不是有撿來的四十二兩銀嗎？」不料老婆回答：「不知道你在說什麼，是不是做夢啦？」在家找了半天，確實沒看到那個裝了大筆金錢的錢包。賣魚的大失所望，認定那是一個夢，從此洗心革面，戒了酒努力工作，三年後甚至開了屬於自己的店。在某個除夕夜晚，老婆才將真相告訴他。是這樣一個故事。

當然錢包真的存在，撿到錢包的事也是真實而非夢境，只是老婆靈機一動騙了賣魚的。這是描寫夫妻情感的名作，在此省略老婆告知真相的段落，總而言之，老婆告訴賣魚的：「你滴酒不沾，勤奮工作了三年，今天就犒賞自己喝杯酒吧。」賣魚的也覺得有理，拿起酒杯正要喝時，卻在最後一刻停下動作，放下酒杯說：「還是算了，要是又變成一場夢就不好了。」

一個酒鬼，因為一場夢變成老實勤奮的人，而夢想[1]連一個人的人格都能改變。夢想本來就應該具備如此的份量，終究只有不會發生的事，才能稱得上是夢想。

1 日文中，夢有「夢」和「夢想」雙重含意。

誠實告白的少年

今日之所以成了夢想跳樓大拍賣的時代，和愚蠢的教育或許脫離不了關係。我總覺得現今的父母和學校在強制孩子做夢。

不知道為什麼，父母都認為「我家孩子可能是個天才」、「真期待他長大之後的發展」，對孩子寄予過度期望。哪可能有這種事，世界上的天才屈指可數啊。可是，正因抱持過度期望，父母師長老是喜歡問小孩「你的夢想是什麼？」、「將來想成為什麼？」強迫孩子回答。孩子也無可奈何，只好回答自己想成為足球選手或消防員，其實他們根本不知道自己長大想做什麼。就是因為還不知道長大想做什麼，所以才要上學，不是嗎？

畢竟只是孩子，夢想對他們來說太虛無飄渺。偏偏大人總是說著「真希望你的夢想能夠實現」，硬逼他們擁有夢想。

小學時，我有個朋友被問到「你長大想當什麼？」，他的回答是「女人的內褲」，結果被老師揍了一頓。

「你將來想當什麼？」

「嗯……女人的內褲。」

這傢伙到底在說什麼啊。

「老師，你為什麼要揍我。」

「這還用問嗎？你是白痴啊？」

他想成為女人的內褲，因為這麼一來就可以一直觸碰女人的私處，一直待在私處旁。這麼一說又被罵了。可是，你也可以欣賞他很誠實。

還有回答自己將來「想成為新娘」的男孩。說自己長大後想成為新娘，到底在想什麼啊。

「怎麼可能成為新娘？」大家都這麼說，可是幾年過後，聽說那傢伙變性了。真是敗給他。

「從男校畢業的大學女生」在這個社會已經不稀奇，現在是男人也能成為新娘的時代。因此，以男女有別為前提的日語也不能隨便使用了。小時候被取笑「娘娘腔」的傢伙，長大真的成為女人，你又能說什麼。

「這傢伙真娘，你是女人嗎你！」

「是啊。」

人家這麼一說，你就完全無法反駁。

「你這傢伙，做的事跟娘們一樣。」

「我是女的。」

啊?是喔。

這種事怎樣都無所謂啦,我想說的是,不管是想當女人的內褲還是新娘,把不可能的事視為夢想,本質上來說都是對的。

日本沒有美國夢——美國也沒有

日本人之所以開始滿嘴夢想,大概是受到美式價值觀的深切影響。

美國現在也不行了,連新上任的總統都在就職典禮上說:「我們正面臨重大危機。」不過,日本還是曾無論經濟或各方面都向美國一面倒的時期。什麼堀江A夢[1]啦、村上基金[2]啦,都是靠美式鍊金術不勞而獲賺取大量財富之人,卻受到眾人阿諛奉承,說他們是什麼「人生的成功者」、「夢想的實現家」。

另一方面,社會上也開始出現「階級懸殊社會(格差社會)」、「人生勝利組(勝ち組)」、「人生失敗組(負け組)」等詞彙。這些詞彙的出現,和眾人把「夢想就該去實現」掛在嘴上，應該是同時發生的事吧。如果不想被打入失敗組，一定要實現夢想，成為人生勝利組。就算踩著他人往上爬也一定要成功。這不就是「美國夢」的世界觀嗎。

之前我去美國時，和美國人吵了一架。那傢伙是個窮鬼，也沒有學歷，卻一心認為自己將擁有美好的未來。

「武，你覺得美國如何？是個很不錯的國家吧？因為這個國家有『美國夢』啊。」

他一邊看著不知道是NBA還是什麼比賽，一邊這麼說。他說，你看看那個黑人球員，那傢伙出身貧民窟，卻往上爬到了現在明星球員的地位。這就是American dream，這就是success story。所以他認為自己也可以。我反駁了他：

「那傢伙有才華，你又沒有。」

於是我們就吵起來了。

愈是沒有才華的人，愈是滿口夢想。話雖如此，換個角度想，也可以說這些人因為擁有夢想才不至於掀起暴動。只要持續懷抱夢想，相信夢想總有一天能實現，再窮的人也不會自棄。就這層意義來說，讓沒有才華的人做做夢，對國家或社會是有利的事。因為有夢，就不會爆發不滿。說起來，夢想就像是合法麻藥。

紐約布朗克斯區或哈林區這類被稱為貧民窟的地區，確實出了不少嘻哈樂手及著名運動員，這些人出人頭地也攫取財富。可是，能如此成功的天才只是極少數。就是因為把他們當成「努力就能成功」的範本，才會有一堆音癡、笨蛋和沒有運動神經的傢伙也嚷嚷著「我還有希望」、「未來一定有什麼等著我」。不過我可以告訴你，未來什麼也沒有喔。一切都是麻藥的作用。

1 日本人對堀江貴文的暱稱。堀江貴文為企業家、作家、投資家，成立的活力門網路公司創下三年內收購二十多間公司，八百億日圓的營業額，後因違反證券交易法鋃鐺入獄。

2 日本前通商產業省官僚村上世彰、前野村證券次長丸木強、前警察廳官僚滝澤建也等人集資的投資基金，也指運用該基金的投顧組織。

「尋找自我」的尋寶之旅

「成為自己想成為的樣子」這種話我們經常聽見。說這種話的人，有的也會踏上「尋找自我的旅程」。其實他們內心都很清楚吧，清楚自己什麼都沒有。可是，身為一個什麼都沒有的人太不妙了，所以說要踏上旅程，尋找和現在不同的自我。找尋不存在的東西，說起來幾乎就是尋寶了。和德川家康的埋藏金一樣，不管怎麼找都找不出來。

「目前為止的我不是我，我應該還有什麼才對。」這種說詞聽起來，就像是要挖掘出自己沉睡的才華。問題是，才華不是沉睡了，是打從一開始就不存在。那些人不知道誤會了什麼，以為自己擁有才華，跑去車站前賣詩或彈吉他。每次看到他們，我都很想說，你根本不可能有什麼才華。

說到底，是因為不肯承認自己沒料，才說要去找尋自我，重新凝視自我，發現新的自我等等。怎麼想都是這樣。在「尋找自己」的問題背後，隱藏著「有不同於現在的自己的另一個我」的正面思考。

「我或許有音樂方面的才華」、「我出生不是為了做這些事」、「我還有更需要我的地方」……發現了嗎，這些「找尋自我」的想法全都是正面思考。真奇怪，怎麼沒有人反向思考呢。不是正向思考，採用負向思考的話，事情可能會是「我不該做這麼好高騖遠的事，或許該過得更腳踏實地一點」，這也是「找尋自我」吧。

「我沒有任何才華，只想踏實工作、結婚、生子就好。」為什麼不能這樣想呢？

與其期盼出人頭地，過平凡人生才有品

教小孩擁有夢想，不如告訴他們生於平凡、死於平凡，這才是最好的教導。否則就沒人願意當個腳踏實地的老百姓了。

然而，現狀卻是父母及學校都強迫孩子擁有夢想。「你的夢想是什麼」、「做人要有夢想」、「實現你的夢想吧」老是說這些，大家在不知不覺中被洗腦，「啊，人不能沒有夢想，夢想總有一天會實現」被視為理所當然。

秋葉原發生了街頭隨機殺人事件。二〇〇八年六月八日，犯下這起兇案的男人先在網路留言板上寫下「人生勝利組都去死吧」的留言。被強迫擁有夢想的男人，現實生活中只是個遭解僱的約聘工，看不到未來。這樣的人會自暴自棄豁出去，想想也不是什麼奇怪的事。

日本大企業收購土地，建蓋了巨大的工業區，僱用大量員工。經濟泡沫化後，公司不願照顧所有正式員工到退休，轉而僱用短期工或約聘人員。大家就這樣成為社會結構中的一個小螺絲釘，簡單來說，誕生的只是「沒有夢的工作者」。

事實明明如此，社會卻不斷對這些人說夢想夢想夢想夢想，如此施加壓力。這就像一邊對金魚缸裡的金魚說「將來要成為悠游河川的大魚喔」，一邊餵牠吃飼料。金魚不可能成為大魚吧，金魚就是金魚。牠為了適應狹窄的金魚缸，身體才會長成這樣，打從一開始就不會再變大。不管餵食多少飼料，頂多變成胖金魚。

在此，我重新思考人的「品格」這件事。不去想飛黃騰達或成為有錢人，過著安靜無名的生活，這樣的人有品多了。平凡地結婚，平凡地生兒育女，安安靜靜地死。即使不受世人注目也能淡然處之的人，才是真正的優秀。

這個時代讚揚像我這樣靠著什麼往上爬並獲取財富的傢伙，太有病了。所謂沒品到了極點，就是這麼回事。比起這個，更沒品的是以出人頭地為目標，想賺取財富最後失敗了的人。這些人最下流沒品。

只要仔細思考自己能力範圍所及的事，就不會淪於下流沒品。在自身的範圍內、以自己的能力，來思考身處的時代，同時不給人添麻煩，不引人注目地平凡過活。我認為身為人這是最好也最有品的生存之道。可是，曾幾何時，戰後的日本教育提倡「成為比別人優秀的人」與「找出比他人更值得驕傲的東西」，宣揚起愚蠢的思想。

呼籲人們實現夢想，說夢想一定會實現。強迫根本沒有能力的人也要做點什麼，結果變成什麼樣了？就是引起犯罪。認清自己的夢想根本不會實現的人，許多都開始自暴自棄。然後，這些傢伙把夢想不能實現的原因怪到他人身上。

開著卡車衝進秋葉原十字路口，揮刀殺死七個人的約聘工，就是一種象徵。那些對未來感到絕望，成為隨機殺人魔的人，多半都是說「我想殺人，殺誰都可以」。他們嚷著「憑甚麼我不能像那傢伙一樣」，一邊把自己該負的責任轉嫁到他人身上。

更過份的是那些被父母責罵就想殺人的傢伙，惹怒你的人是你的父母不是應該殺父母嗎。也有被女友甩了就隨機殺人的男人，這麼說起來，應該殺女友才合乎邏輯吧。

從懵懵懂懂的年紀就被強制擁有夢想的孩子，長大後終於發現那夢想是虛構的，是社會強迫自己做的夢。或許是為了報復社會，才說出「想殺人，殺誰都可以」這樣的話。一旦這種傢伙變多了，日本說不定會陷入動亂。抱持的夢想有多大，反作用力就有多強。

強迫做夢所以下流

寫詩也好，彈吉他也好，或是找搭檔組個不紅的漫才組合，總之先找件事做，冠上一個頭銜。

「小哥，你是做什麼的？」

「我是詩人。」

「我是音樂人。」

「我是漫才師，諧星。」

現在這個時代，就算無法成名，只要找個目標，就能躋身某個族群。與其說是自己感到安心，更像是社會在哄沒有才華的人，讓他們安心。畢竟這個社會的眼光，還是把沒有夢想的人看得比擁有夢想的人低。

不過，無論是否擁有夢想，若沒有才華，結果都是一樣的喔。憑什麼擁有夢想的人就能被當作「好孩子」。

「你一定也有某項擅長的事，就朝那夢想努力吧，夢想一定會實現」……這社會就像這樣強迫眾人接受夢想，說沒有夢想不行，殊不知，世上也有人無法擁有夢想。說不定也有以「不懷抱夢想」的現實考量出人頭地的人，為什麼非得強迫每個人擁有夢想。

基本上，人就是被生下來然後死亡。就算活著時再成功，賺了再多錢，死的時候自己一毛也帶不走。即使錢財以遺產的形式留給孩子或家人，和死去的人也沒有絲毫關係了。所謂「紀念故人偉業」，為死去的人建造紀念館之類的事物，也和死去的人一點關係都沒有。事實如此，卻還強迫小孩要擁有夢想，要成功，要成為有錢人或偉大的人，不是太好笑了嗎。

與其要孩子「成為偉大的人」，不如教導他們「不可犯罪」，「成為一個不做壞事的人」，這種教育要好得多了。說來非常理所當然，教導孩子「做一個不給人添麻煩的人」才應該是教育最大的目標。對此一字不提，只知道不斷強調夢想與成功的社會，果然沒品。

把「想成為的模樣」放到一邊

不管怎麼說，人不能不知道自己的斤兩。擁有客觀分析自己的能力絕對是好事。這社會喜歡談夢想、發達、成功，要讓我說的話，「成功」的祕訣就是「不要成為自己最想成為的模樣」。做生意也好什麼都好，只要從事了最想從事的行業，人生就在那一刻結束了。因為已經成為自己想成為的模樣了啊，再走下去什麼也沒有。

成功的祕訣，就在於不要選擇心中第一名的職業，只要做對自己來說是第二或第三志願的工作就好。雖然還有更想做的事，可是現在的自己還沒有馬上做到那件事的能力，所以先做其他事。像這樣能客觀檢視自己的人，成功的機率反而壓倒性地高。

當我這麼說的時候，彷彿已經聽見有人回應：「真羨慕北野武，靠漫才出了名，賺了錢。因為飛黃騰達了，才能高高在上地說這種話吧。」可是，我在接受採訪時也常說，漫才並未帶給我喜悅，我不是想當漫才師才當的。以我的狀況來說，當時我放棄讀大學，是走投無路了才開始漫才路，我的成功就像是中了樂透。

電影導演也是，一開始完全是機運使然。我並沒有一直想著要當電影導演。

說自己連中兩次樂透的確有點厚臉皮。如果現在有個想搞漫才的年輕人真的成了漫才師，這已經像中了一次樂透。如果希望大紅大紫，就等於祈求「讓我再中一次樂透」。這很厚臉皮，不過如果真的出現連續中兩次樂透的人，他一定是很特別的人。

假設，全國熱愛棒球的男孩都希望自己成為職業棒球選手，在得到球團指名、當上棒球選手的那一刻，就已經中了一次樂透。從這裡出發，成為明星球員或打進大聯盟，也就是中了第二次樂透。不管怎麼說，在當初那群棒球男孩中，只有特別擁有天份與才華的人才辦得到。

能成為自己想成為的模樣，就很足夠了。

小時候被強迫擁有夢想的傢伙，朝「想成為的模樣」邁進時，大部分的人都會失敗。比起這麼做，倒不如站在「又不是我自己想成為這樣」的立場，更能客觀判斷身處的狀況。事情往往會更順利。

我從來不認為當上諧星是實現夢想。因為當諧星是我無可奈何的選擇。成為諧星不是我的夢想，以諧星的身分走紅就認為夢想實現，這麼蠢的事我從來沒想過。

何不把「宅力」用在別的地方

有一種人，懷抱不切實際的夢想，一旦得知無法實現，立刻把責任推到他人身上。前文提到的隨機殺人魔就是箇中翹楚。就算不到那麼嚴重的地步，比方說女跟蹤狂好了，說什麼「想成為那個人的女朋友」、「他眼裡為什麼就是沒有我」。不好意思，像妳這種醜女誰都看不上眼。

男人也一樣，有對偶像明星說「我要守護妳」的。人家都說了不需要你守護，卻誤會「她沒有我不行」，這種人多的是。「能守護那女孩的人只有我，讓我來守護她」，這不叫夢想，是痴心妄想。

稍微用腦子就知道，正常的情況應該是「那女孩眼中雖然沒有我，我卻時常想著她，這樣就心滿意足了」。只是這麼想，買買寫真集，參加偶像明星舉辦的活動，不是很討喜嗎。何必說什麼「為什麼妳都不看我」，甚至直接找上門，做到那種地步的人就是沒品。因為搞不清楚幻想和現實，才會失去品格。

基本上，我認為阿宅是好人。

社會上一般人對阿宅的印象，停留在動漫宅、模型宅或成天逛秋葉原的人，對他們抱有歧視想法，真是傷腦筋。其實，對某件事具備堅持、投入熱情的人，就是某種宅，就這個定義來說，能成為阿宅其實很了不起，因為他們能為自己創造出「對某事投注熱情」的條件。

所以，對阿宅的定義必須更加拓寬才行。比方說一心鑽研數學的人就是數學宅，或者做一個物理宅又何嘗不可。藝術家也可以說是藝術宅啊。數學宅搞不好哪一天還會拿到被稱為數學界諾貝爾獎的費爾茲獎。物理宅也是一樣，從早到晚都在解題，連在外面走路時嘴裡也唸唸有詞，看起來純粹是個怪人。這樣的傢伙要是哪天拿到了諾貝爾物理學獎，大家就會說他是難得一見的天才。

可是我想，能成為阿宅的人，根本一點也不在乎得不得獎。他們只想做自己喜歡做的事。現在人喜歡說「某某行業的專家」，其實像是專門建造神社佛寺的木工等工匠師傅，不都是只將某一件事做到極致嗎。他們想要的不是金錢，也不是成名，許多人只是「想把工作做好」。完全無關地位或名聲，只想做好一件事。

這真是非常有品的生存之道。

把熱情貫注在動漫或角色扮演也不是不好，不過，如果能稍微轉換一下熱情的方向就更好了。動漫宅，如果能將同等程度的熱情投入生物研究或傳統工藝，他的熱情一定也能在另一種選項中開花結果。為孩子提供更多選項，引導各種宅將熱情投入不同領域，才是真正的教育。

「偉大的人」是什麼樣的人

都說要實現夢想成為一個偉大的人，可是我卻不懂，什麼樣的人才叫偉大。有錢就了不起嗎？有名就偉大嗎？

以前我老媽經常這麼說：「讀那麼多書，小心變成共產黨。」在她的觀念中，小說家是絕對不能碰的工作。在舊街區，人們看到像我這樣的人就會說：「真笨，變成阿武那種人了，做什麼搞笑藝人，真可憐。」從前，諧星在社會上是被當成可憐的受害者，如今的社會風氣卻是搞笑藝人像高人一等似的。

還有，不管是音樂家或畫家，從事藝術工作的人看似也比一般人優秀，其實根本沒這回事。不信你去非洲大陸上的貧窮國家看看，許多行業到了那裡都變得一點用也沒有。藝術，不過是這種程度的東西，即使藝術家再出名，對飢餓的人而言派不上一點用場。

簡單來說，對於非洲生活窮困的人來說，播種栽培作物、提供食糧的人才是最了不起的人。帶來食物的人就像神一樣偉大，相較之下，讓他們聽音樂或欣賞繪畫根本不是辦法。你的藝術能吃嗎？

明明只是這種程度的東西，搞藝術的人、說自己的作品價值不菲的人，卻成為了不起的人。比起拚命工作獲取食物的普通人，藝術家的等級彷彿高人一等，其中不乏自以為是、瞧不起一般人的笨蛋。這樣的時代太奇怪了。

難道不是這樣嗎？從前戰爭的時候，有錢人都得前往農民家，用身上的家當換取食物。拿出鑽石交換，請人家施捨一些地瓜。以前被富人所瞧不起的農民，終於可以還以顏色。所以說，比誰偉大、比誰優秀的看法，根本沒有意義。

不努力的人沒有資格做夢

只要不在奇怪的地方用上「夢想」這個字就好了。輕易地將任何事情都扯上夢想的人，就會搞不清楚狀況。

如果你堅持自己有夢想，至少換個說法，說是「努力目標」好嗎。為了想成為的模樣或完成的事而努力，這麼說就夠了不是嗎。我在面對工作時也很努力啊，跟空有夢想卻什麼都不做的傢伙完全不同。

現代人最糟糕的地方，在於只做夢不努力，之前也說過了，這些人在知道夢想無法實現時，就會把責任怪罪到別人身上。

就算將來有什麼想做的事，也不該稱那是夢想，夢想是等級完全不同的東西。夢沒有方法實現，因為它是夢。所以，不是做夢，而是對眼前出現的機會，對能靠自己的力量抓住的東西去努力掌握就好了。該做的是朝向目標的努力，夢想就只是夢想。

所以，不要懷抱夢想。或者說我們不能擁有夢想。因為夢想無法成為現實，反過來說，若現實中發生了宛如夢想一般的事，原因只可能是「突變」。能促使生物演化的只有突變。優秀的新型態農作物都來自突變。凸眼金魚也不是以凸眼為目標被孕育出來的，而是某天突變而來。

這種突變，不會隨便發生在一般人身上。既然如此，日本人就活得像個日本人，對此心存感謝踏實生活。我認為這是最好的人生。

3 瀟灑

真正的瀟灑
展現在顧慮他人的行為上

高倉健的「瀟灑」從哪裡來

呃，什麼什麼……

「粋[1]」這個現象究竟擁有何種結構呢？首先，我們必須以何種方法闡明「粋」的結構，才能掌握「粋」的存在呢。毋庸置疑的，「粋」必然構成某一種意義，此外，「粋」做為語言成立也是不可否認的事實。這麼說來，「粋」這一詞彙是否具備了可在各國言語中找到對應詞的普遍性呢？

——九鬼周造《粋的構造》

嗯，我看得一塌糊塗。抱歉，應該說我根本連讀都不想讀。畢竟這本書從書名讀起來就很艱澀。

這是昔日的哲學家九鬼周造寫於昭和五年（一九三〇年）的書，封面上的文案寫著「展現日本民族獨特美學意識的詞彙『粋』究竟是什麼」，不過，看不懂的東西就是看不懂，我還是先老老實實道歉吧。

用我自己的說法，所謂「瀟灑（粹）」就是「不脫離常識範圍，且更高一等級的生存之道」。解釋起來又會有各種意思，不過，最重要的，應該是對別人的體貼與顧慮吧。懂得顧慮別人的人，不是很瀟灑嗎。

說到這個，我第一個想到，也是過去我經常提起的人物，就是高倉健先生。我認為健大哥的帥氣，來自那份了不起的體貼。

第一次和高倉健先生見面我就被他感動了。那已經是二十年前的往事。為了我們共同演出的電影《夜叉》，我前往外景地福井。一下車，健大哥已在福井車站的月台上等著我。當時下著雪，他抱著一束花。

「你就是武先生嗎？我是高倉健。非常謝謝你出演電影，請多多指教。」

我才剛下電車，他就迎上前致謝，還送了我那束花。我心想，哎呀，這就是高倉健，怎麼辦，敗給他了。

1 「粹」為原文標題，有純粹、無垢、優質之意，在此譯為「瀟灑」。

端上桌的河豚生魚片……

健大哥的角色是金盆洗手退出黑道的漁夫，我演的則是不中用的吃軟飯角色。抵達旅館，休息一會兒之後就是用餐時間。我前往吃飯的大宴會廳，演員和工作人員已經就位。我還在想自己該坐哪裡好，健大哥就說：「武，這邊這邊。」招呼我和他坐同一桌。

健大哥身邊坐的是導演降旗康男先生，那桌自然是主桌囉。我真的可以坐那裡嗎？還有其他空位，那邊坐了不少工作人員，或許我該坐在那裡比較好。儘管這麼想，既然健大哥都開口招呼了，就恭敬不如從命吧。

開始吃飯後，令我感到驚訝的是，健大哥一直在留意工作人員的食物。或者應該說留意菜單。他會看著菜單，比較自己桌上和工作人員桌上的菜色。雖然不是歧視工作人員，或許是出自旅館的心意，主桌的菜色和工作人員桌上的菜色略有不同。看到這個，健大哥顯得不太高興，他為了自己的食物比工作人員好而生氣。

這時，旅館老闆娘端上裝有河豚生魚片的大盤子，放在我和健大哥坐的那張桌子，說聲「請享用」。於是，健大哥說：

「這個工作人員有嗎？」

「沒有提供給工作人員，畢竟可是河豚呀。」一聽老闆娘這麼回答，健大哥立刻說：

「不能只有這桌吃得特別好。麻煩您了，請給大家都準備河豚。」

老闆娘表情為難地退出房間，不久之後，為工作人員也端上裝了河豚的大盤子。我心想，什麼嘛，不是還有多的河豚生魚片嗎。然而仔細一瞧，盤子上夾雜著不是河豚的生魚片。雖然看起來很像河豚，顏色卻有微妙的不同，應該是剝皮魚。

因為健大哥拜託老闆娘給所有人端上河豚，老闆娘和大廚絞盡腦汁才想出了這個辦法吧。用便宜的剝皮魚混充，說「這是河豚生魚片」端上桌。因此，乍看之下，大盤子上漂亮地擺著切得薄薄的白色河豚生魚片。不過，大概因為原本河豚生魚片的份量只夠給健大哥這桌，再次端上桌的河豚幾乎全都換成了剝皮魚。我一邊吃，一邊辨別河豚與剝皮魚。這是河豚，這是剝皮魚，又是剝皮魚、剝皮魚、河豚、還是剝皮魚、剝皮魚、剝皮魚、剝皮魚，終於吃到河豚，接著又是剝皮魚、剝皮魚……這道菜根本稱不上河豚生魚片嘛。可是，所有人都沒有察覺，就這樣完食。還邊說「河豚果然美味」、「多謝健大哥」。

健大哥默默站在雪中，不過……

當時我在旅館房間休息，健大哥來了一通電話。

「煮了一壺好喝的咖啡，要不要過來喝？」

就這樣，我去了健大哥的房間給他招待咖啡。他說你自己隨意吧，我便隨興躺著，喝咖啡看電視，一邊和健大哥閒聊。

「健大哥，你不喝酒嗎？」

「對啊，我不太喝。」

「啊，是喔。」

我真的放得很鬆。無意間朝房裡望去，這部戲的其他演員正在瞪著我。包括田中邦衛先生和小林稔侍先生，所有人都正襟危坐。

這也難怪他們。對電影演員來說，高倉健是一流的人物，光是能待在他房間就很榮幸，能喝到他招待的咖啡更是教人緊張，絕對不可能做出失禮的行為，別說像我這樣躺在地上打滾了。

眼下狀況不妙。我悄悄站起來，放下咖啡杯，說一句「我去一下廁所」便趕緊逃走。真傷腦筋啊，大家都用惡鬼般的表情瞪著我，我可應付不來。

就這樣，隔天劇組前往雪地出外景。這場戲有我的鏡頭，但沒有健大哥的戲份。健大哥卻還是帶了慰問品來到拍攝現場。那是他託旅館的人做的甜酒釀。將慰問品交給工作人員，本以為他會直接返回旅館，不料他就站在那裡看我們對戲。後來我聽說，健大哥在拍其他電影時也會這麼做，明明沒有自己的戲份，他卻因為「大家都在努力拍戲」，自己也會站在現場觀看。

那是個深冬的下雪天，天氣非常寒冷，即使如此健大哥依然默默站在雪中。外景攝影現場放著大鐵桶，裡頭燒著木材及報紙等用來取暖，但是你會看到，健大哥並沒有站在鐵桶旁，而是稍遠處。鐵桶裡燒著熊熊火焰，他卻不靠過去取暖，整個拍攝期間，都是如此。

所有人都快冷死了，健大哥一定也很冷吧，發現這件事的我，無法專注於拍攝。

「好，正式來！」、「卡！」拍完後，我立刻跑去跟健大哥說：

「健大哥，到鐵桶旁取暖吧，你站在這裡不是很冷嗎？」

「不會，我只是站著看而已，大家都在工作，我怎麼能自己取暖。」

「健大哥不去取暖，我們也不敢去取暖，都快凍死啦。拜託你快去吧。」

這才好不容易說服了他。

「好吧那我去。武，謝謝你。」

「別這麼說。」

說服健大哥，大家終於可以靠近暖火了，故事卻沒有到此結束。健大哥又說：

「還有什麼我可以做的事嗎？」

於是我這樣回答他：

「請你回去吧。」

「什麼？」

「只要健大哥在這裡，大家都坐立難安，請你回去吧。拜託拜託。」

就這樣，我把這個礙事到不行的大明星男主角從拍片現場請回去了。

品格來自「無欲」，瀟灑來自「終極的顧慮」

拍完外景，電影的拍攝也到此結束。健大哥最後送給大家金或銀製的項鍊配飾。他一邊說「謝謝你們」，一邊為每個人將禮物掛在胸前，連跟班的小朋友都有。對於他表現體貼的方式，該怎麼說呢？從車站月台上的花束、河豚生魚片，到咖啡和慰勞品甜酒釀，最後竟然還以項鍊收尾。

高倉健先生有時會給人一種感覺，似乎他只是碰巧才當上演員，對飾演什麼角色並沒有欲望。然而，電影裡的健大哥又是絕對的焦點。或許正因為無欲，更凸顯出他的高貴品格。

演藝圈充滿了想往上爬的人，說好聽一點是野心之地，其實就是赤裸裸的欲望世界。不是有那種人嗎，為了得到角色不惜用身體交換的女演員。只要能獲得角色，就算要陪製作人或導演上床也沒關係，這種沒品的傢伙太多了。不過，在健大哥身上，那種沒品感連一絲都不存在。

到頭來，有品的人做的事就會成為出色的工作。演藝圈裡，有一派演員不惜投入全身拚命增進演技，最後獲得許多工作；同時，也有演員無欲無求，什麼都沒做，卻成為主角級人物。我覺得這很有趣，從中或許可以看出一個人的品格。

總而言之，健大哥的體貼言行做得十足，卻一點也不引人反感。大家在受到健大哥照顧時都由衷感到佩服，心裡想的是：「這個人果然了不起。」

眾所周知，高倉健先生從東映的黑道電影起家一路成為大明星。在《日本俠客傳》、《網走番外地》、《昭和殘俠傳》等系列電影中，他身穿輕便和服，手持日本長刀，那句「受死吧」的台詞多麼帥氣，連全國的黑道都愛上他。

不難想像，當時的外景拍攝地會有多少人圍觀。圍觀者中，自然也有瘋狂崇拜健大哥的黑道流氓。搞不好黑道還比一般人多呢。換句話說，就是黑道追星族。這些黑道追星族光是圍觀拍攝就夠嚇人了，萬一和民眾起了衝突，事情一定很難收拾。我想，健大哥必定是一邊拍攝，一邊顧慮著周遭的狀況吧。

對他來說，比起自己，他更在意的是周遭的人事物，重視身旁發生的一切。健大哥的體貼，有部分或許來自天性，另一方面或許也是在這樣的環境下培養出來的吧。影迷上前搭訕時不能不好好應對，那些黑道影迷很厲害的，除了以禮相待也沒有別條路了不是嗎。

一種孤獨的酷

如果以一種殺死自我的方式在顧及他人，一般會因為疲憊不堪最後讓自己成為討厭人群的冷淡傢伙。可是，高倉健先生即使到了這個程度依然體貼、瀟灑又帥氣。正如前面所說，他的體貼從不引人反感，他也不會拜託別人什麼事。在人際關係上，可說與人保持著一定的距離。

說到這，有一次雖然不是為了拜託什麼事，健大哥曾經打電話到我的事務所。不過，被誤以為是松村邦洋最後被掛了電話。松村那傢伙，明明是個胖子，模仿的花招卻多到詭異。什麼，會不會模仿跟胖不胖無關？總之，他連我都模仿。當健大哥來電，事務所的人才會以為又是松村邦洋。

「喂，我是高倉健。想跟武聯絡。」

「又在說什麼啊，這傢伙。」

「我是高倉。」

「你是松村吧，一天到晚愛模仿。」

說完，電話就斷了。健大哥本人打來，卻被事務所的人臭罵一頓，還被掛電話。不過，健大哥不但沒有生氣，還繼續想辦法聯絡我。他跑去問石倉三郎：「要怎麼辦」，石倉三郎是東映的配角演員出身，連藝名都借高倉健的「倉」字一用，就知道他是多麼尊敬健大哥。另一方面，他和我相熟已久，是最適合的詢問對象。

於是，我從石倉三郎那裡問到健大哥的聯絡方式，回了電話給他。健大哥笑著說：「我一打電話去武那裡就被掛斷了呢，還要我不准再模仿。」

就算他氣得大罵「專程打電話給你居然還被掛掉」也不為過，他卻一點也沒有動怒。我想，這也是一種體貼。

若分析健大哥為什麼讓人覺得這麼酷，我覺得，除了顧慮旁人的那份心意，還有就是孤獨吧。也可以說是「孤傲」。健大哥既不與人建立過度的關係，也絕對不強迫別人接受自己的世界觀。

其實他是個滿喜歡開玩笑，也很愛笑的人。不過，能看到這私下面貌的僅限於少數親近的夥伴。在外面，與其說是隱瞞真面目，不如說他認為自己必須徹底扮演「高倉健」這個角色。所以，他不太常外出。最後，「高倉健」的形象不斷地膨脹，而本人卻是孤獨的。

維持瀟灑，有時就像身在地獄一樣痛苦。之後我還會再提到，對別人表現溫柔體貼、維持自己的帥氣形象、做到令人欽佩的程度，這些事對當事人來說是很辛苦的。

忘了是哪裡的神社會舉辦裸體祭典。好像是愛知縣的國府宮神社吧，有一項名為「儺追神事[1]」的除厄祭典。在寒冷的嚴冬中，幾千個只穿兜襠布的男人聚集起來，祈求消災解厄。所有人擠成一團，仔細一看，當中只有一個小哥全裸，連件兜襠布也沒穿，剃掉全身的毛，整個人光溜溜。

這個小哥好像稱為「神男」，必須接受身邊穿兜襠布的人們對他潑灑冷水或觸碰等的冷酷對待。簡單來說，就是用他一個人當作背負所有災厄的替身。聽說偶爾還有人因此喪命。

我總覺得，高倉健先生有些地方就和那傢伙很像。到死為止，他都得扮演好高倉健這個角色，承受身邊所有沒品的事，代替眾人貫徹一人的「瀟灑美學」。

不過，能堅持到底，這又是另一種瀟灑美學了。

1 驅逐散播瘟疫的鬼怪的祭典儀式，源自中國。

簡單的打招呼能不能確實做好

渡哲也先生也很帥。不好意思，我一直在說別人的事，不過故事都值得一聽，還請見諒。

是滿久的事了，我跟打橄欖球的松尾雄治去銀座的俱樂部喝酒。松尾算是我明治大學的學弟，總是學長、學長地叫我。那天是松尾的生日，他說：「學長，請我喝一杯吧。」

進入俱樂部，渡先生坐在裡面，我上前打招呼。

「你好，我是武。」

「呀，武先生。今天怎麼會來這邊？」

「剛好是松尾雄治的生日，得請他喝一杯才行。」

「真難為你了。」

我們像這樣彼此寒暄，之後就各喝各的。後來，渡先生一行人先走，離開之前他也來向我打招呼。「武先生，先告辭了。」「好的好的，再見。」一陣寒暄之後，我們這群又繼續吵吵鬧鬧地喝了起來。

酒興正濃，突然有一束花被送到我們桌邊。裡頭還附了一張卡片，上面寫著「松尾雄治先生，祝您生日快樂。渡哲也敬上」。嚇了我們一大跳。

更教人吃驚的是結帳時發生的事。我們打算回去了，請店家結帳，店裡的人卻說已經結過了。

「渡先生結清了，說是祝賀您朋友的生日。」

哇，太厲害了！本來是我要請松尾喝酒的，這下連我都被請了。

我說他是厲害的人，並不是因為他會請客喝酒，而是佩服他為松尾祝賀生日的那份貼心。還有，確實地打招呼這一點。

在演藝圈，見過面的人卻沒有打過招呼，這樣的人很多。我原本也不太喜歡寒暄，但是在見過渡先生之後，我覺得待人接物還是要先好好打聲招呼。渡先生就是這麼做的人。從此，只要是認識的人，四目交接下，我必定會上前寒暄：「你好，我是武。」

已逝的百瀨博教先生，曾在電視節目裡照顧過我的徒弟淺草KIDS，有一次我忘了是在哪裡遇到他，便上前打招呼。當下百瀨先生反應冷淡，後來淺草KIDS才告訴我，百瀨先生在他們面前稱讚了我一番。

「你們師父很了不起，眼神才對上就立刻上前，好好地打了招呼。」

被這麼說，還覺得有點高興。

畢竟，遇到別人主動寒暄，沒有人會感到不愉快。我想，應該徹底做好的事就應該做好。不能偷工減料。

不刻意表現體貼的瀟灑

高倉健或渡哲也先生之所以瀟灑帥氣，是因為他們的體貼做得很周到，又非常自然。他們不會強勢地表現自己的體貼。如果當時在銀座的俱樂部，渡先生當面把花送給松尾，或是當著我們的面結帳，雖然也是應該感謝的行為，卻會讓人有點反感。不讓別人當場道謝，就是一種瀟灑。

這令我想起自己的師父，人稱深見老爹的深見千三郎。這件事我也經常提起，那就是，我師父是絕對不讓人當面說「謝謝」的人。

師父活得像個流氓，女人一個換過一個，晚年時喝酒喝到酒精中毒，最後死於一場火災。說起來，就是以前的年代裡那種活得亂七八糟的藝人。不過，該說他有自己的

「藝人觀」嗎，總之他有一套「藝人就該如何如何」的哲學。我在大學中輟後，不知道要做什麼才會跑去淺草，碰巧地成為一個搞笑藝人，然而，直到現在我持續幹著這行，或許就是因為跟到氣味相投的師父。

師父教過我許多事。

「藝人就算餓肚子也要穿上好衣服。別人看不出你餓肚子，但是一眼就能看到你穿什麼。」

「藝人在外頭一定要吃好東西，吃不起好東西就別去外頭吃。」

「藝人不精通一兩套技藝是不行的，樂器也好、踢躂舞也好，要擁有精通到可以上台表演的技藝。」

「下了舞台，要做到讓人覺得你是很酷的人。」

這一切都與日本人的「瀟灑」有共通之處。

我和師父去淺草的壽司店吃東西，到了要結帳的時候，師父會把錢包交給我，同時輕聲吩咐「一人給一萬圓小費」，然後自己先走出店外。當我遞出小費，一邊對壽司店大廚及一班年輕廚師說「這是我師父給大家的」時，師父已經不見人影了。收下小費的人即使想對他說聲「謝謝」也沒有辦法。

他不想直接給對方小費。絕對不願說出「沒關係啦，你就收下吧」之類的話。消失的身影是瀟灑，不大力地表現體貼也是瀟灑。他常告訴我：「不要讓人非得跟你道謝，不好看。」

如果手頭的錢不夠支付小費，那就別去吃。這也是常有的事。「是吃得起一頓壽司啦，可是不夠付小費，所以今天不去了。」他總是這麼說，真的很帥。

師父對衣著非常講究，明明是個喜劇人物，卻愛穿得像美國黑幫電影裡的角色。師父很喜歡詹姆士・卡格尼，經常穿著一樣的雙排扣西裝。詹姆士・卡格尼是一九三〇年代以《地獄之門》、《國民公敵》等黑幫電影走紅的好萊塢明星。他的裝扮在當時一定也代表某種瀟灑美學。

仔細看師父的西裝，會發現襯裡用的是一種叫做銅氨絲的布料，觸感類似絲絹，上面還印著浮世繪的圖案。除非脫下外套，否則沒人看得見西裝襯裡，這種堅持乍看無用，但是我認為把錢花在別人看不到的地方，又是一種瀟灑。聽說江戶時代的大富豪也特別講究衣服襯裡。去餐廳吃飯，不是會有脫下外套交給女侍應的時候嗎？女侍應用衣架掛起外套，注意到裡襯的花色而發出驚嘆。師父最喜歡她們那一刻的表情了。

瀟灑的金主不只用「錢」也用「心」

當你在淺草做個貧窮的搞笑藝人，光看一個人花錢的方式，就能看出他是不是個瀟灑的人。我指的就是金主。幹藝人這行的，總在找一個資助自己的人。

不知為何，各界對金主的稱呼略有不同。相撲界稱金主為「谷町[1]」，藝術家稱金主為「贊助者（patron）」，銀座的酒店公關則稱金主為「爹地」。什麼，你說酒店公關怎麼叫金主一點都不重要？那女高中生援交的時候要怎麼稱呼對方呢？

在藝人的世界，對金主的稱呼是「阿爺[2]」。尤其落語家最常這麼說。當然，這裡的「爺」指的正是「老爺」，落語家們常說「那個阿爺很瀟灑」、「那個阿爺不太行」。落語家純粹想要錢，儘管如此，當金主給零用錢時，他們又很在意對方給錢的態度。當金主請藝人吃飯喝酒，回家時還會給計程車費或零花錢，從這個地方的舉止，據說就能看出金主的美學。

最高級的瀟灑，是明明是金主居然沒錢，但是又掌握了事物的本質。這話怎麼說呢。當落語家央求金主「阿爺，今天帶我上哪去喝幾杯吧」，這類金主會這麼回答：「現在沒錢，沒辦法去喝兩杯，拿這筆錢搭車回家吧。」語畢，交給落語家一點現金。

落語家口中的「帶我去喝兩杯」其實是「給我一點錢吧」的意思。金主請吃飯當然很感恩，可是自己真正的目的還是要錢。金主也明白一切，所以就算身上的錢不夠吃喝，還是會給對方一點錢。

「抱歉啊，今天沒錢，我幫你出個計程車費吧。」

身上錢不夠多，一起去喝酒就付不出零用錢，才以「計程車費」的名義給零用錢。這麼一來，落語家就會稱讚「那個阿爺很瀟灑」。雖然稱不上是有錢人，花錢的姿勢還是很漂亮。換句話說，就是掌握了事情的重點。付錢付得漂亮的人，付出體貼時也會做得漂亮。

換成過份的金主，就會拉著藝人喝酒到天亮，讓對方一起搭計程車送自己回家，一到家門口就頭也不回地說再見。有個住在世田谷區裡面一帶的傢伙就是如此，讓人陪他搭車回家沒有關係，問題是他不給錢，最後那個落語家只好在世田谷等第一班電車回家。

這種抓不到重點的金主，其實還滿多的。他們不知道是搞錯了什麼，以為只要招待年輕藝人吃吃喝喝，大家就會心滿意足。吃吃喝喝也很好，但是對藝人來說，沒有車錢才是最傷腦筋的。這樣就回不了家了嘛。只要陪金主去六本木，大抵都得喝到快天亮，大夥解散時電車都還沒開，這教人如何是好。真想先說「不給計程車錢的話，就別請我吃飯」。不過，所謂的金主，好像都認為有請你吃飯喝酒就很好了。

1 「タニマチ」，相撲界用語，指擁護者、金主。此稱呼被廣泛使用於日本演藝界與運動圈。

2 「お旦」，「旦」在日文中有已婚男性之意。

也有落魄到來借錢的有錢人

要計程車錢或零用錢，錢雖然不是唯一目的，但是對於貧窮藝人來說，現實問題就是沒錢，沒錢什麼辦法也沒有，一個瀟灑的金主在面對藝人時，應該要能掌握到這個重點才是。

最沒品的一種金主，就是那種在泡沫經濟時代賺了很多錢，當時無論請客或給零用錢都很大方，但是在泡沫經濟時代結束後，立刻上門來借錢的人。「那時我那麼大方，現在換你借我錢了。」說出這種話跑來跟藝人要錢的傢伙最低級。

若遭藝人拒絕，他就會罵對方「忘恩負義」。

他可能會說：「喂，我從前不是很照顧你嗎！」話雖如此，站在我們的立場也想說：「或許當年你真的照顧過我，但是假設現在給你一樣的錢，你也會做一樣的事嗎？」我的意思是，你做得到滿口「老爺、老爺」地吹捧我們，或是表演漫才給我們看嗎？

我有個大學時代的朋友，在泡沫經濟時期賺了不少錢。有天他打電話來約見面，他說自己從事廣告業，當時景氣好，這個人花起錢來也很豪氣。後來我們陸續又見了幾次面。

在泡沫經濟時代之後，他突然斷了音訊，再也沒打過電話來。我心想，「哎，那傢伙狀況大概不好吧」。

後來有一天，我在淺草與他不期而遇。

「喔，你最近還好嗎？」

「有在工作啦。」

他只丟下這句話就逃跑似的離開，一點也沒有昔日的豪氣。

日子又過了三、四年，我再次在淺草與他巧遇。這次，他看起來不一樣了。

「喔，北野。」他熱情地招呼我。「去喝兩杯吧。」說著，我們找了個地方喝酒交換近況，他才告訴我「最近狀況好多了」。我心想，坦率是好事。

「那時為什麼要逃跑啊。」

「因為我無法在沒錢時和你見面啊。」

能將這種話說出口，我覺得他很成熟。

「和你喝酒怎麼能各付各的呢。」

他這麼說。我覺得有點帥。

江戶的「瀟灑」，近畿的「不像樣」

和「瀟灑」意思相近的詞彙，有「俊俏」、「派頭」等，相反的詞彙則有「不解風情」、「沒品」、「粗俗」等。

根據那本我連一頁都讀不下去，完全舉手投降的《粹的構造》，瀟灑展現的是江戶文化的美學意識。近畿也有這個詞，但讀音與江戶不同[1]。這表示「瀟灑」是江戶特有的產物，該作者同時還說明，為了與近畿地方的涵義作區隔，書名才會寫成平假名[2]。那麼，若問我江戶的「瀟灑」和近畿的「瀟灑」有什麼不同，老實說我也不清楚，總覺得說不定只是讀音不同。

在日本的歷史裡，關西的地位一直在上，即使後來江戶成了政治經濟的中心，文化面的上下關係依然不變。所以（近畿）才會被稱為「上方」[3]吧。雖然只是一般流傳的說法，聽說「不像樣」[4]這個字的語源就與關西地方地位較高有關。

無論是食物或其他事物，古時候都是關西地方的品質較高，價錢也較貴。在關西製造的東西沿東海道運下（下る）關東及東北。相反地，品質不好的東西就不下（下ら

ない）關東。後來，人們就用「くだ（下）らない」來形容無聊的、不像樣，或是沒有價值的東西。話說回來，「不像樣」對我們搞笑藝人來說，倒是一句讚美之詞。

只不過呢，比較起來，我總覺得江戶還是比較適合「瀟灑」這個字。常聽人說「瀟灑的江戶人」，卻很少聽到「瀟灑的關西人」的說法。當聽到「瀟灑的淺草藝人」時，腦中會很快就浮現幾個藝人的臉，但是在聽到「瀟灑的吉本藝人」時卻覺得是瞎掰[5]。就連搞笑趣味也是如此，關西人喜歡看漫才師互毆的橋段，看到女人飛踢男人覺得很好笑，東京人卻覺得那很低級。

1 對於「粹」，江戶（關東）採用訓讀「IKI」，近畿（關西）則採音讀「SUI」。

2 《粹的構造》日文原書名為《いきの構造》。

3 江戶時代，天皇居住於京都，京都與大阪（近畿地方）被稱為上方。

4 原文為「くだらない」，也可寫作「下らない」，「下らない」在日文中是向下的動詞的否定形。

5 吉本興業的藝人。吉本興業為日本歷史最悠久的演藝經紀公司，創始於關西，也以關西為大本營。

利休對秀吉

順便讓我發表一下意見的話，我認為近畿地方的美學意識，基本上就是京都對大阪的競爭。若以千利休代表京都、豐臣秀吉代表大阪，用利休的「侘茶」對照秀吉的「黃金茶室」就很容易理解。

當然，或許有人會說，黃金茶室是秀吉令利休打造，做成可組裝的樣式攜往日本各地，若要說利休是京都代表、秀吉是大阪代表，未免有些牽強。不過，這裡先把牽強放一邊，只用「茶道千家流的始祖千利休」和「大阪城主豐臣秀吉」這兩個身分來談吧。

在某次機會下，我造訪了京都裏千家宗家名為「今日庵」的茶室。茶室連庭院整體都是重要文化遺產，真的很厲害。穿過大門後就是玄關，再被帶到第一間房間，穿過茶庭，經過中門與手水鉢，沿途的石板路上灑了水，全部打掃得乾乾淨淨，石頭上卻有一片枯葉。我問掌門千宗室先生：

「那片葉子是特意放的嗎？」

「咦？」

「葉子應該不是自然落下，而是特意放在那裡的吧。放在最適當的地方。」

「是啊，您看出來了。那是特意放的。」

茶室為了接待賓客，打掃乾淨還灑了水，然後擺上枯葉。看在客人眼中，那片落葉就像自然掉落一般，這可以說是花費相當多的時間與精力的演出。

以同樣的角度看一樣經過布置的秀吉黃金茶室，一切與「自然的形式」大相逕庭。這個地方就像在逼問賓客「如何？都是黃金喔！」。親眼看到就會明白，黃金茶室確實重金打造也非常出色，但今日庵的姿態卻是另一層意義上的出色。真要說的話，我認為利休的做法比較有智慧，讓人感受到一種類似品味的東西。

在《忠臣藏》的故事裡，赤穗浪士以一個籃子花器代替了吉良上野介的首級。展開復仇之後，浪士用布包起花器，掛在長槍頂端，前往泉岳寺。那個花器就是首級的代替品。

聽說那個花器原本屬於千利休，後來傳到吉良家，稱為利休的「桂籠」，價值相當驚人。不過，其實桂籠最早只是普通的魚籃，就是漁夫捕魚時用來裝魚的那種籃子。

利休在京都桂川看到釣香魚的漁夫腰間掛著這種魚籃，於是要來當作花器。原本平凡無奇的釣魚用具，拜利休所賜，成為超高級器具。

利休做的事正體現了出色的美學概念，可是，只要一個不小心，很容易變成窮人做的窮酸事。原本打算發揮瀟灑美學，結果可能變成做沒品的事。所以，到底是瀟灑還是沒品，兩者僅有一線之隔，瀟灑帶有不知道會落入哪一邊的危險性，就是這麼難拿捏的一樣東西。

「難看的人」的代表

如今，擁有瀟灑美學的成人愈來愈少。不，瀟灑的成人還是存在，只是醜態畢露的難看傢伙變得更醒目了。為什麼會這樣呢。

說到難看的大人，學校老師堪稱代表。不是偷窺學生，就是寫情書給學生。學校裡盡是些這種老師。偷窺行為和某些事相比還算可愛了，不過，犯罪就是犯罪。現在還有男老師騷擾男學生的事情發生，最難看的是過程被錄音，拿到電視上播放。

「舔一下看看。」

「不行啦老師，我真的做不到。」

「拜託。」

「不行不行，真的無法。」

這是不久前才在電視看到的新聞，學生用手機全程錄音。連內容都曝光不太好吧。

話說回來，在從前體育老師就給人色狼的刻板印象，國中或高中的男性體育老師往往沒什麼好東西，大家也都隱約察覺到。比方說，大家會在背地裡嘲笑某某老師一天到晚愛摸女生的身體，只是當年不會像今日這樣鬧得沸沸湯湯。

我沒有仔細比較過狼師人數和犯罪發生率等從過去到現在的詳細數據，不過，我認為以前只是沒有浮上檯面而已。就生物學的角度來說，從前和現在，做壞事的人數應該差不多。只是媒體數量增加了，難堪的醜態更常被揭穿，所以看起來增加了。不知道是不是這樣。

假設頂著銀行總裁或政府機關副首長頭銜的人，被拍到了和女人在一起的照片。這種時候，愈是死命辯稱「那只是在討論工作」或「在談論政治議題」，就愈顯得難看。媒體拍下醜態畢露的照片，將難看的藉口加油添醋地向全國散布的也是媒體。從前的銀行總裁或政治家也有許多情婦，只是以前的媒體沒有今日多罷了。

事實上，八卦週刊也好，八卦新聞也好，這類媒體擁有將權威人士請下神壇的功能。這麼一來，大眾才終於發現，原來高高在上的總裁也不過是個色老頭。紙包不住火。

嗯，兩方都很難看。

投入的模樣很丟臉

說是那麼說，我自己也是個醜態盡出的人。到了這把年紀，每每想起自己做過什麼難看的事，就覺得很窩囊，甚至自我厭惡。換個說法，在今日的年輕人身上看到自己過去的影子時，我會想起年輕時的自己而面紅耳赤。

年輕人從不掩飾欲望，無論是性欲或物欲。看到現在那些年輕人在街上遊蕩搭訕女人的樣子，想起自己也做過一樣的事。好丟臉啊。還有，看到年輕搞笑藝人為了成名，在電視上幹些亂七八糟的事時，我也會想「那不就是我嗎」，好像自己丟臉的地方全部被暴露在電視上了，覺得好討厭。

不過，以我來說，最丟臉的還是對什麼事很投入的模樣。

這或許和我出生成長於舊街區有很大的關係，生活在舊街區的人臉皮薄，以前我們就有「笨蛋，要是變偉大了怎麼辦！」、「哎呀，那傢伙變有錢人了，真可憐」之類的說法。這不只是對成功人士的嫉妒，而是在看穿成功者也有沒品的一面後，參雜了難為情與挖苦的言語表現。

露骨地展現欲望是很丟臉的事。在舊街區，連小孩也不會對想要的東西直接開口說「想要」，舊街區的人有這樣的特質，總覺得那樣做很難看。吃東西的時候不會埋頭猛吃，老是東張西望。舊街區的人，普遍具有討厭自己一頭栽進什麼事物的樣子的這種客觀性。

沒品的傢伙只是喝個酒也會一頭栽進去，連賭博也專注認真，像一匹戴上眼罩的馬，眼裡只有一個方向，一股腦地向前衝，還對此樂在其中。當事人當然是最開心的一個，看在旁人眼中卻是暗忖「真拿那傢伙沒辦法，笑得像個白痴一樣」，又或者心想「就不能多注意一下嗎」。

所謂多注意一下，指的是稍微思考一下自己在別人眼中的模樣，抱持一種客觀性。

聽說非洲人會跳舞跳到出現幻覺，日本以前也有類似的事。從前，伊勢參拜有所謂一遍上人的唸佛舞蹈，很多老爺爺老奶奶嘴裡邊唸著「有什麼關係」一邊旁若無人地跳舞。同樣的事情，現在年輕人只是換成在搖滾演唱會上做吧。演唱會上的年輕觀眾，就像被集體催眠的新興宗教信徒。

每次看到那幅情景我的頭就會痛起來。

沒錯，我也喝酒喧鬧，會在ＫＴＶ裡盡情高歌，可是，這種時候往往有另一個我在一旁看著自己。

所以反過來說，我有時也很羨慕會一頭栽進什麼事物的人。也有覺得「那樣真不錯」的時候。我羨慕喝酒喝得不省人事、做愛做到忘我的人。喝酒時我總擔心會不會被誰看見，也討厭做愛時專心的自己，我的個性裡這樣的一塊，不自覺會帶著客觀性。明明，又不是在貼滿鏡子的房間裡做的啊。

影響我最多的人是誰？

客觀地看自己，代表了在某些地方與他人拉開距離，所以一個不小心可能變成排除他者。

說到這個，我經常被問到的一個問題是「北野先生受過誰的影響」。直接揭曉謎底，答案就是「我自己影響我最多」。到頭來，還是自己。

身為電影導演，我確實受到史丹利．庫柏力克及黑澤明導演等世界級大師的人影響。不過，這裡說的影響，意思又有點不同。世界級大師對我的影響，在於「我無法那麼殘酷」這部分的體認。有的人會把演員操到身心俱疲、因為天氣狀況可以停機好幾天，為了藝術不惜犧牲一切。看到那樣貫徹一切的人，我的感想是「我辦不到」。我不喜歡做到那種程度的藝術，也明白自己的極限。

能拍出留名影史的偉大電影的人，做的事也同樣驚世駭俗。不知道我是因為做不到那樣的執著，才拍不出驚人的電影，還是反過來，是因為作品不夠厲害，才做不到驚人的事。總之，打從一開始，我就不曾懷抱藝術至上主義。

看了黑澤導演的紀錄片，果然很驚人。在《一代鮮師》這部電影裡，飾演老師的松村達雄先生，因為黑澤導演太嚴厲，竟然真的成了白髮。前半段攝影時不得不染成白髮上陣，最後反倒不用染，因為在電影的最後，老師登場就是白髮。

松村先生一開始演，黑澤導演就大喊ＮＧ，說「不對，你到底在幹嘛！」不對不對，重來重來，似乎永無止境，攝影機也完全無法運轉。每天發生一樣的事，松村先生終於激動地說出：「請讓我放棄這個角色。」黑澤導演則回他：「你在說什麼啊，是不是個專業演員！」二人你一言我一語地爭執起來。直到松村先生被操得身心俱疲，豁出去了，把「隨便你要怎樣了啦」的感覺融入演技，黑澤導演才說了ＯＫ。「幹得好，剛才的你，終於像個演員了。」

像這樣好不容易才獲得他的認可。

藝術往往無視人權。演員的人權這種東西就跟不存在一樣。這是現實，但我還是做不到。我無法為了電影漠視人權。這並非說，漠視人權就能成為世界級大師，而是黑澤明這樣的導演想要拍出好電影的熱情是我的好幾倍，只是最後化為無視人權的行為而已。

等我再老一點，說不定也能漠視人權吧。老到走不太動，對自己說的話都不需要負責任的時候，我也試著來說「不行，重來」或「停機等個兩天再拍吧」之類的話。到時候大家就會說，導演已經失智了，這也是沒辦法的事。只要讓人以為我可能失智，就可以亂搞一通了，但是現在又還沒失智。

頭號粉絲就是自己

搞笑也好，拍電影也好，我總是客觀檢視自己正在做的事。像是有另外一個我。眼前分別有名為「Beat Takeshi」和「北野武」的傀儡，在兩個傀儡之上還有另一個操控傀儡的「我」。哪個才是本體就不得而知了。

我的頭號粉絲就是自己，我的頭號批評家也是自己，這種心情相當強烈，儘管有時也會抱頭苦惱「這傢伙怎麼做了那種事，真是笨蛋」，但是不管怎麼說，影響我最大的終究是自己。以一種非常客觀的方式。

姑且不論這是好是壞，前面也說過，保持客觀這件事，或許大大決定了一個人是否能夠維持瀟灑的美學。有身為搞笑藝人的「Beat Takeshi」，也有身為導演的「北野武」，還有一個客觀檢視這兩者的我，所以才能產生將「武」[1]視為商品操作的熱情。

這是比較久以前的事了，在富士電視台的《27小時電視》中，我幹了些不像樣的事，聽說讓那幫年輕藝人嚇了一大跳。節目內容是我前往日本各地，與攝影棚現場連線，在沖繩化名為「抓蝮蛇高手‧蛇田扭扭」，在北海道化名為「擠牛奶高手‧牛田哞」，在東京則化名為「煙火高手‧火藥田砰」，這些莫名其妙的名字都是我自己取的，有時戴上頭套，有時把整張臉塗花，總之徹底地扮演著小丑（校注：北野武在二〇一一年又參加過一次《27小時電視》電視演出）。

「北野武竟然做到那個地步，實在是敗給他了」聽說引起不少這類回響。不過，我認為，我身為電影導演的知名度應該要更高一點。畢竟搞笑就是落差啊。要是由首相來飾演「蛇田扭扭」，觀眾一定會笑到不行。我當不成首相，如果說電影導演的身分與首相同等級的話，由這個身分的我來扮起小丑，想必能博得觀眾的哄堂大笑。

也有人會說「你是電影導演，怎能做那種蠢事」，有些人建議「北野武已經是海外獲獎的導演了，是不是該有品一點」。說這種話的人最沒品。

我是漫才師起家，又不是電影導演起家。先有搞笑藝人的「Beat Takeshi」才有今天的我，逗笑觀眾是我身為藝人的使命。既然要做就要做得徹底，「徹底搞笑吧」，另一個我這樣命令我。

在坎城走紅毯時，我戴上淺草買的武士髮髻頭套，原因就在這裡。基本上，只要能逗樂觀眾就好，反正又沒有做什麼壞事。要是哪天有人請我去參加奧斯卡頒獎典禮，我就來露屁股吧。這是我們搞笑藝人最起碼該盡的心意。

1 Takeshi 就是武的拼音，此處的武同時代表 Beat Takeshi 和北野武。

美美地變老，那是啥？

繼續說說瀟灑的成人愈來愈少這件事。現在的日本，到處都是難看的大人，大家卻都想裝帥氣。不知道是自覺難看所以想變得帥氣，還是連這點自覺都沒有，反正這種類型的傢伙，大概不管什麼事都先看外在。

最近好像經常看到「逆齡」這個詞？美美地變老，大家都拚命在幹這件事。不是撫平皺紋、注射玻尿酸，就是施行果酸換膚，花大錢做著類似整容的事。

撫平皺紋又能怎樣。消除皺紋，或許能打造出一張好看的臉，但是除了臉其他地方沒品，還不是一點意義也沒有。從吃飯的方式到遣詞用字、態度、服裝品味，這些全都包括在構成一個人的「綜合表現」中。只重視外表的人，和一身貧窮卻硬要拿LV包的人有什麼兩樣？

一如「穿著窮酸又何必硬拿LV包」的批評，這種人也會被説是「舉止沒品，空有一張光滑的臉又如何」。瀟灑的高雅熟女，就算不整容也散發出上流品味。這種品味是需要從年輕時就擁有某種興趣，花長時間培養，持續醞釀出的「年份」。一個人有沒有「年份」，散發出來的氛圍完全不同。花三十分鐘做個微整容，創造不出這種氛圍。

老人的面貌是年輕時的延伸，等到上了年紀才焦急要做個「瀟灑的老年人」為時已晚。在人生即將退場的時刻要開始什麼，這就像年輕時沒有做好儲蓄準備一樣，事到如今已經成不了大事。上年紀後沒有興趣的人，是因為年輕就沒有培養嗜好，年輕時只會打高爾夫球的人上了年紀還是在打高爾夫球。

興趣或嗜好這種東西，若沒有靠一股衝勁投入就玩不出成績，最重要的是，興趣嗜好其實一點也不輕鬆。宣稱今天開始釣魚的人，和三十年前就開始釣魚的人，無論如何都有差距。釣魚新手只在意釣到了什麼魚、用了哪些釣具、魚餌有什麼差別……無暇感受「釣魚」本身的樂趣。而釣魚「年份」夠長的人，磨練出一定水準的釣魚實力，自然散發「釣客」的氣質，這不就是一種瀟灑嗎。

嚷嚷著少子高齡化、老年人口增加這些問題該怎麼辦的人，好像在說長壽時代是突然到來的一樣。以前，老人早早就痛快地死去，現在死不了，才開始說什麼「老年人也該培養一兩樣興趣」、「找到自己喜歡做的事」、「保持年輕心態」。不過，就算說也太遲了。不過是臨時抱佛腳。

既然如此，倒不如來個突變，變成有點瘋狂的老頭算了。既然他們說「什麼都好，培養一個興趣吧」，那就成為一個忽然會說法語的老頭吧。沒有比這更廉價的興趣了。因為只需要買法語教科書就好了啊。「學習」又是一件可以持續到死的事，閒著也是閒著，就一早到晚努力學習好了。比方說學個一年，然後去法國測試一下學習成果，想來似乎頗有意思。

像我，現在正死命地想要讀懂英文報紙，也會看CNN。英文報紙的標題不都有些獨特的新聞用語嗎?和一般教科書的英文不一樣。一邊看一邊想「啊，原來這個單字還有這個用法啊」，相當有意思喔。還有，我會在英文報紙上找找日本的新聞事件，重新閱讀一次。因為知道內容，理解的速度更快。像相撲力士吸大麻的事件，讀起來真是有意思。

老與醜，不是上了年紀才要面對的事

就各種方面來說，若年輕時準備得不夠，上了年紀就會手忙腳亂。忽然發現自己上年紀的事實，於是首度感到錯愕。日語中的「老醜」，想表現的或許就是這件事。有品的老年人，在面對年老時是從容不迫的。

老得難看的人，是從什麼地方開始難看的呢，答案是中年時期。中年的盡頭就是老頭子和老太婆，中年時的言行舉止決定了老年人的品格。路上看得到許多令人不忍卒睹的中年人，都是些厚臉皮的大叔大媽，非常沒品。這種人成為老頭子或老太婆時也絕對好不到哪去。既不會對周遭的人用心，也不對自己用心。

我當然也感覺得到自己上了年紀。過了六十歲，也有了孫子。不過，我覺得自己還算好的地方，是我並不討厭上了年紀這件事。儘管手常撞到旁邊的東西，腿也容易痠疼，一練習高爾夫球腰就痛，記性也愈來愈差，不過，我有一套接受這些事實的方法。

說來老人就像發酵食品。「成為老頭的我也有好味道」、「典藏六十年的好東西」

等等。以葡萄酒來比喻的話，剛成為老頭的人都還不夠美味，存放個二十年的老頭就很好喝了。什麼，你說那豈不是成了臥床不起的老人嗎？放心，還會醒著啦！

在好田地上收成的老頭很美味，在好環境下增長年紀的老頭也別有一番風味。田地或環境的好壞，決定一個老頭將成為羅曼尼康帝（Romanée-Conti）還是普通餐酒。所以，這說來雖是老生常談，就看一個人是否願意花時間磨練自己。

只要把老頭子和老太婆想成大便就行了。上了年紀會變髒，生物皆是如此。可是，愈髒的東西就愈該當成乾淨漂亮的東西看待才行。既然都會變髒，放任自己像個糞坑式廁所的老頭很糟糕，得當個像免治馬桶一樣的乾淨老頭才行。尤其在日本，日本人有把髒東西當作髒東西看待的傾向，老頭子和老太婆髒了的話就會被那樣對待。

我在外面上廁所時，一看到髒兮兮的廁所就會動手打掃。非常看不下去，結果養成了掃廁所的怪癖。在喝酒的地方上廁所時，常遇到前一個人吐得到處都是，把廁所弄得又髒又臭的情形，遇到這種事的時候，我大抵都會動手打掃。要是在我後面進去的人認為「啊，武把廁所弄得這麼髒」，那不是很討厭嗎。不過，把髒掉的東西仔細清理乾淨，也是一件很爽的事唷。

「老得好看」的條件

在淺草的餐廳吃東西，偶爾會看見三代同堂一起用餐。老奶奶和她的兒子媳婦以及孫子，三代人圍著桌子吃飯。老奶奶梳著梅乾形狀的包頭，很有氣質。老奶奶給孫子夾菜時，仔細一看，媳婦也正從飯桶裡給老奶奶盛飯。我認為這是非常出色的一家人。

簡單來說，兒子媳婦在孫子面前好好照顧了自己的母親，也就是老奶奶。老年人受到好的照顧自然有其原因，無論是老太太還是老先生，只要本人散發出一股氣質，看到他（她）倍受重視的樣子，旁人也會立刻理解「啊，這一定是個優秀的人物」。這就是「老得好看」，老得成為一瓶有年份的葡萄酒了。

現代社會的老頭子和老太婆總被當成還沒打掃的廁所，不受重視，這是因為他們身上沒有值得重視的條件。一個來路不明的老頭子，一旦經人介紹是「某某大企業的榮譽董事長，已經九十歲了還很硬朗」，站在他面前的人一定會覺得自己應付不來，沒來由的緊張起來吧？反過來說，如果被介紹成「那一帶經常可以看到，就是一老頭」，誰也不會緊張。

這和頭銜固然也有關係，主要還是當事人在獲得頭銜之前的歷史足以說服周遭的緣故。即使上了年紀，看在別人眼中的樣子依然是勝負關鍵，這點與年輕時並無差異。不，應該說上了年紀的人想守住身分，就得好好思考該如何將自己呈現在年輕人面前。

人是自我的生物，任何事都站在對自己有利的角度做判斷。俗話常說「男人的臉就是他的履歷表」，其實這說到底，也只是別人怎麼看。醜男也好型男也罷，長相的好壞，終究是他人憑喜好做出的判斷。將兩個老頭子的大頭照放在一起，說這邊的是董事長、那邊的是普通老人，看著照片的人一定會認為「喔，會長果然相貌不凡，普通老頭就是一副窩囊樣」。結果才發現照片其實放反了。

「搞錯了，董事長的照片是這張才對。」

要是被這麼一說該怎麼辦？傷腦筋啊，也只能辯解：「哎呀，其實我早就認為會不會是這樣了。」

所以，男人的臉被比喻成「履歷表」，但判斷履歷表的人早就知道男人的頭銜或成就，熟知他的過往歷史。

強調「以前混過」不覺得好笑嗎？

說到用什麼方式增長年紀，就不得不提前陣子流行的「壞壞老爹」風潮。中年男人表現出不良少年的氣質，或是一些年輕時混過的傢伙現在成了學校老師或律師之類的美談。「以前混過」成了一種流行，其實會這麼說的傢伙往往從前根本沒有混過，搞不好還是被霸凌的一方。

從數學角度分析就很有趣了。若將直線中央設為0，左邊為負，右邊為正，很顯然地，「以前混過」的人屬於負的那一方。0是普通人，正的一方則為善人，或者說好人。

接著，假設0的人做了相當於數值「5」的好事，就能成為「正5」，那麼，當原本位於「負5」的人走到「正5」時，由於前進的絕對值為「10」，看起來好像很厲害。那些從飆車族脫胎換骨成律師等「前不良少年」的故事，之所以能被搬上電視螢光幕或出書，說來就是這麼一回事。

0的普通人和負5的壞傢伙都一樣走到正5，只因壞傢伙必須努力「10」才能走到這裡，所以就比較厲害嗎。事實上，那些人一點也沒什麼了不起。相較之下，當然是從來沒使壞，努力讀書認真工作成為律師的人更值得讚揚。

為什麼原本是飆車族或不良少年的人通過司法考試就能成為美談？因為把原本負5的部分也加進去計算了。正因為社會瀰漫著這股風潮，難怪連平凡的中年上班族也學著人家吹噓「其實我以前混過」了。

不過仔細想想，那種以前真的混過，現在卻成為平凡上班族的人，其實是最沒用的不良。因為只是從負5變成0而已啊，好歹也走到正的地方再來吹噓吧。

「年輕時我也混過一陣子，只是現在不能像那樣耍流氓了，決定要好好工作。」說這種話的人根本就沒什麼大不了嘛，充其量就只是個0。快去做點好事吧。

為什麼男人不壞女人不愛？

從以前到現在，大家都說女人容易迷上壞男人，所以我也可以理解，為什麼有些蠢男人會想裝壞。

再者，只要說一句「我不是個好男人」，就會給人「這男人肯定騙了不少女人感情」的印象，彷彿是個不斷交上好女人再將人家拋棄的情場浪子似的。「壞男人」總給人這種印象。這麼一來，女人也會好奇，這男人玩過那麼多女人，又會如何看待眼前的自己呢，不知不覺就迷上對方。

壽司店或居酒屋等地方也有類似的情形，經常遊走各店家的客人嘴很刁、不容易討好，做為客人卻有他的魅力。吃遍大小店家的客人，往往給人「那個人對食物很挑剔」的印象，即使如此，店家依然想爭取這個客人上門光顧。因為想獲得刁嘴客人的評價，若是他能上門品嚐，說一句「好吃」，店家就會高興得不得了，感覺得到挑剔食客的認同。

出乎意料的，這或許與「男人不壞女人不愛」的原理相通。女人大概是想獲得縱橫情場的壞男人認同吧。事實上，確實有不少壞男人很受女人歡迎。

但也不能因此就說男人一定要壞才會受女人歡迎。男女之間的關係，其實是心情的問題，受歡迎的人擅長逗弄對方的心情，男女都一樣。我認為，這和懂不懂得顧慮他人心情是一樣的道理。所以，最後結論依然在於品格與瀟灑。

受異性歡迎，表示這個人散發某種男人味或女人味吧。一個滿嘴「跟我上床吧」的男人純粹是色胚，一點男人味也沒有。對旁人沒有顧慮，不夠體貼，所以毫不掩飾自己的欲望。有男人味的傢伙懂得好好顧慮旁人。這樣的人不只在男女關係中受女人歡迎，在同性之間也會博得「他是個好傢伙」的評價。或許也可以說，舉手投足展現出這種男人味的人就是「具備瀟灑美學的人」。

作家伊集院靜以很有女人緣聞名，我非常能理解為什麼他會那麼受女人喜愛。伊集院先生隸屬立教大學棒球社，我也很喜歡打棒球，曾和他一起打過草地棒球。那時伊集院先生擔任投手，我是守備的游擊手。

一起打球的人不愧是真正的棒球員，球速都很快。就連看起來不怎麼厲害的打者，也能哐地一聲打出全壘打。被地位比自己低的人打出全壘打，一般人應該會不甘心吧。然而伊集院先生依然一臉笑咪咪。我走到投手丘旁安慰他「別在意、別在意」，卻發現他真的一點也不介意。

「武啊，那傢伙今天一整天都會很開心吧。打出了剛才那支全壘打，今晚他喝起酒來一定更美味，太好了。」

聽到這段話的瞬間，我心想「這個人肯定很受歡迎」。從伊集院先生能身上感受到某種迷人的氣質，只要帶著這種氣質接近女人，輕易就能迷倒對方。我同時也在想「你這個愛情騙子」。

發生在「情婦公寓」的大事件

我畢竟不是伊集院。我常掛在嘴上的觀念，就是漂亮又受歡迎的女人呢，拿來欣賞很好，但是不會想上床。以前我就認為「帶在身邊炫耀的女人」和「帶上床的女人」不同。真要說的話，帶上床的女人大多是樸素安靜的鄉下姑娘。這件事老是被明石家秋刀魚等人拿來取笑。

我和在Kiosk[1]工作的小姑娘交往過，這件事被秋刀魚爆料了。他說我是「把Kiosk賣剩下的糖炒栗子，在便宜公寓裡吃得很高興的男人」。竟然說小姑娘會把店裡賣剩的東西帶回家，開什麼玩笑。他還說我們是「相親相愛的溫泉蛋與糖炒栗子」。

便宜公寓是事實沒錯。那棟公寓的一樓是老頭子與老太婆經營的破爛襪子店，從店門旁的樓梯走上二樓有三個房間，房內沒有專屬浴室，廁所也是公用廁所。在Kiosk工作的小姑娘就住在這棟公寓裡。那是「FRIDAY事件」發生後的事，我已成為全國知名人士，每次去她家時，一和襪子店的老頭子對上眼，他就會露出詭異的表情。不過，我只會說聲「我回來了」然後自顧自地走上二樓。

因為房間裡沒有浴室，只能去澡堂洗澡。我和小姑娘去附近澡堂時，每個客人都盯著我看，指指點點地說「是北野武、北野武」。洗完澡，和小姑娘在澡堂外會合，兩人就這樣捧著臉盆回家去。簡直就像《神田川》的歌詞形容的那樣，真討厭。

心想這樣下去不是辦法，我租了間公寓給小姑娘住。沒想到那棟公寓出現強姦犯。人稱「白色強姦犯」，專門挑白色公寓下手的傢伙。那傢伙也跑到小姑娘住的公寓來犯案，還偷窺了小姑娘洗澡。

小姑娘尖叫後報了警。警察來了，在她房裡採集指紋，結果冰箱上都是我的指紋。因為FRIDAY事件的關係，我被採過指紋，警方一查就知道那指紋屬於我，「這不是北野武的指紋嗎？」於是小姑娘接到警察的電話：

「妳認識北野武嗎？」

「我、我不認識。」

「什麼！」

警察不免一陣驚慌。

這也難怪啦。指紋既然來自屋主不認識的人，就表示這傢伙擅自入侵屋內，搞不好正是犯人。眼看事情就要演變成「北野武是強姦犯」了，開什麼玩笑啊。小姑娘的本意是替我著想，才會跟警察說我們不認識，可是這樣下去，我就要被逮捕了。

「這樣下去我會變成白色強姦犯啊，快告訴警察妳和北野武在交往吧。」真是累死人了。

1 主要設置於JR車站內的小型零售店。

2 一九八六年，八卦雜誌《FRIDAY》強行採訪北野武情婦，造成對方輕傷，憤怒的北野武之後領徒弟襲擊《FRIDAY》編輯部，演變成刑事事件。

分手時最能看出「瀟灑」程度

再怎麼年輕的姑娘，交往個十年也會人老珠黃。女人一發現自己衰老就會開始著急，一旦著急起來就難以收拾了。在那之前隱藏的欲望，都會從臉上洩漏出來。

就算小姑娘們和我交往圖的不是錢，好歹也都過起衣食無虞的日子。說得現實一點，生活狀態確實富裕。然而，一旦她們察覺自己即將失去商品價值，就會有些心急。因為她們也知道，至今過的好日子都來自自己的商品價值。

女人深知如何推銷自己。一旦知道自己失去商品價值，和我交往也面臨極限時，不是選擇分手、投入別人懷抱，就是要求一定程度的回報。我因為有老婆了，所以老是被說「反正你也不可能和我在一起」。這麼一來，沒品的我除了用錢解決之外，還真想不出其他方法。

我給好幾個女人添了麻煩。假設我和這些姑娘分手後也繼續支付生活費好了。我想，可能我只會給錢，但不會想去探聽她們過得怎麼樣。應該說，我缺乏類似勇氣的東西，不敢去追究這些女人後來的生活。

比較好的情況是，即使對方已經嫁給別人，私底下還是高興地花著「北野武繼續寄給我的錢」。怕就怕對方後來只能靠我寄的錢生活，那可就傷腦筋了。我大概可以想像得到那種情況。要是哪天有女人對我說「都是靠著你的錢才能活到今天」，我一定會大受打擊，這根本是野坂昭如筆下的《螢火蟲之墓》了吧。

住在防空洞裡的一對兄妹，妹妹營養失調，哥哥雖然偷來蔬菜給妹妹吃，不管怎麼照顧，妹妹的身體卻完全好不起來。當哥哥終於領出少得可憐的存款買食物時已經太遲，戰爭結束一星期後，妹妹就死了。剩下的哥哥也成為同樣營養失調的戰爭孤兒，等待他的只有死亡的命運，是這樣的一個故事。

變成這樣就討厭了啊。

「溫柔」很卑鄙

女人經常說我很溫柔，溫柔的人其實說不定很卑鄙，只是不願意自己受傷，不想置身慘烈戰場罷了。所謂「溫柔的人」，追根究柢只是把自己放在安全範圍內，打馬虎眼的傢伙吧。

也有想和女人分手卻開不了口，一直拖拖拉拉的傢伙。這是因為不想被女人討厭，不想聽對方抱怨。可是，也有人誤以為不提分手就代表溫柔。當然也有人認為勇敢的溫柔就是清清楚楚提分手，但這真是非常難做到的事。

和男性友人聊到關於分手的事時，大概會像這樣：

「看她一直放不下這段感情，實在太可憐了，我就主動說『分手吧』，說我無法再跟妳交往了。」

「你這麼一說，她不是哭得更凶了嗎？」

「可是，如果不這麼做，她會哭到什麼時候？」

每次討論起這種事，都像這樣繞個沒完。

當女人因為年紀到了主動提分手時，男人有時會因為之後只要付錢就好而鬆一口氣。不過這麼一來，自己就會被說是卑鄙的男人。卑鄙的原因並非無法照顧女人一輩子，而是讓女人主動提分手。

這樣的傢伙，說得上是真正愛那個女人嗎？有的男人對女人拳打腳踢，到最後甚至殺死對方，可是搞不好，這男人就是愛這個女人愛到想殺死她。

我從來不曾對姑娘們動粗。有時也懷疑自己可能不夠愛她們，沒有愛到想毆打對方的程度。這時，「瀟灑美學」的問題就浮上來了。

動粗的男人，很沒品。

主動提分手，就會變成壞人。

女人想分手的話，自己只是成全她。這種時候，等著自己的就是「瀟灑地獄」。只要捫心自問就知道，我根本沒有做自己真心想做的事。

為了成就瀟灑，男人有時必須賭上性命，做一個無聊的男人才行。

為了瀟灑的覺悟與痛苦

瀟灑的男人無法像頭野獸一樣做愛。明知那樣會很愉悅，卻不允許自己那麼做，因此也無法獲得快感。想要「瀟灑」，沒有這種程度的決心可不行。

深見千三郎師父就是這樣的人。一個瀟灑的人在外頭異常體面，回家可能卻給家人添了一堆麻煩。為了保持在外的體面，金錢方面也很對不起家人。人在外面時絕對不說自己沒錢，甚至還發零用錢給別人用。這樣固然可換來外人一句「您真瀟灑」，為了成就這份瀟灑，家庭不知道被他搞得有多慘。拿著從老婆手裡搶來的錢取悅外人，這種老公雖然瀟灑但也很卑劣。

搞不好，所謂瀟灑必須在相當自虐、壓抑自我的情形下才可能成立。瀟灑的人會在那之中找出「美學」。因為不想被別人用奇怪眼光看待，只好刻意忽略自己理所當然的欲望。因此，有品而瀟灑的人，可能只是個臉皮很薄的人。

維持瀟灑的生存之道，也可能是一件痛苦的事。正因為被稱讚瀟灑令人愉快，有時反而會變成「為瀟灑而瀟灑」。像深見師傅那樣重視自己的在外形象，寧可硬撐也要顧全體面。

即使如此，我還是喜歡「瀟灑的美學」。

有一種陶器是這樣做出來的。拿一只普通的碗去火烤，把碗烤得變形扭曲。某個時代將這種扭曲視為美感。寫實主義進入印象派，代表了一點文化上的進化。

我口中的「瀟灑」就像這只扭曲的碗，或許可以想成是「在理解做人道理之後，更高一等的生存之道」。

4 規矩

猴子穿上內褲，規矩瞬間產生

「像樣」這件事

年輕時在被請客的餐廳裡，我得到不少好處。走進餐廳，要踏上包廂時，脫鞋的地方滿地都是別人剛脫下的鞋子。我把散亂的鞋子一一排整齊，結果被一個奇怪的黑道大哥看見，說「年輕人，你挺像樣的嘛」，還給了我一些零用錢。這種事發生過好幾次。

黑道大哥說「我看你挺像樣的嘛，最近不像樣的傢伙太多了」，話雖如此，那你自己又有多像樣呢。仔細想想，你可是個黑道大哥耶，都走上歹路了。

不過，類似把鞋子排整齊這種基本又傳統的規矩，都是為了讓人們像樣地生活在社會上自然發展出的行為，沒有一件是無用的。認為這些事陳腐又麻煩，對此敬而遠之的人才是大錯特錯。

或許因為我是祖母帶大的孩子吧，和長輩一起生活，意外地養成了好規矩也說不定。

我在銀座有間常去的喫茶店，那裡的老闆娘和我是好朋友。她的年紀和我差不多，是個六十出頭的歐巴桑，因為認識很久了，每次去店裡都對我很親切。一千八百日圓的藍山咖啡只算我一千，還附送蛋糕。這樣真的好嗎？

有次我去銀座的書店，忽然想喝咖啡，對了，那個歐巴桑的喫茶店就在附近嘛。距離這麼近，搭車去也太誇張了，於是我徒步走了過去。這麼一來，便吸引了大批人潮聚集在店門口。結果歐巴桑一看到我就大喊：「武、這邊這邊，過來這邊！」急著把我帶進店裡。進去之後，又把我帶到工作人員換衣服的包廂說：「你很討厭人家大聲嚷嚷吧？來，這是你的咖啡，這是你的三明治。」

說什麼「你很討厭人家大聲嚷嚷」，最大聲嚷嚷的不就是妳嗎？

同樣的事在附近的彩券行也發生過。當我往喫茶店走，照例又吸引了大批人潮，我正覺得不妙，彩券行的歐巴桑就對我說：「這邊這邊，從這邊進來吧！」把我拉進了鋪子裡。又是那句「這邊這邊」。

然後，擠在狹窄的鋪子裡，歐巴桑對我說：「武，偶爾也買張彩券嘛。」我們就這麼閒聊起來，結果和這個歐巴桑也變成了好朋友。

和我成為朋友的女人，不是歐巴桑就是老奶奶。淺草Rock-1的會長媽媽桑八十歲，京都料亭的老闆娘則是八十七。怎麼全部都是老奶奶啊，為什麼會這樣呢？果然和被祖母帶大脱離不了關係嗎？有沒有更年輕點、自己開店的女人要跟我做朋友？這麼問的話會不會很無恥呢？

1 位於東京都台東區的聲色表演場所。

為什麼不懂禮數的搞笑藝人愈來愈多

說到禮數或禮儀，淺草的深見師父真是非常嚴格，沒有人忤逆得了他。只要看到徒弟規矩不好，師父會立刻發怒大吼「你個混帳」。還沒開始教學，怒吼就先飛到耳邊。徒弟如果把化妝用具放在休息室裡的化妝台上沒有收拾，師父就會不時嘮叨「你們真是髒死了」。才剛驚覺「糟糕，這樣不行」，師父又是一陣怒吼：「你們這些混帳，自己的化妝台都收拾不好的傢伙，也學不會什麼像樣的表演！」於是又是一陣手忙腳亂的打掃。當時我們這些年輕藝人，整天都是提心吊膽的。

拜師學藝的世界和家庭生活基本上很相近，師父、師兄、師弟的關係，就相當於爺奶、父母與孫子的三代同堂。一個家族三代人生活在一起，孫子輩的很快就能學會教養與禮數。反觀核心家庭，孩子開始擁有自己的房間，社會上也因此多了很多被說不懂禮數的年輕人。

同樣的情形也發生在表演場，打從前輩藝人和晚輩藝人不再共用休息室後，不知禮數的搞笑藝人就愈來愈多了。

從前的表演場，除了大師父另當別論外，其他不管是菜鳥還是資深藝人，全都使用同一個大休息室。十五坪大的寬敞休息室裡，牆壁上整齊地掛著鏡子，那就是我們化妝的地方。不過，座位是固定的，按照前輩晚輩的順序排列。在休息室裡，菜鳥藝人手腳要俐落，得不時地幫前輩倒茶，或伺候師父穿西裝。為在角落打麻將的前輩端茶，前輩就會請菜鳥吃飯，跟在前輩身邊，菜鳥慢慢學會禮數和規矩。

現在幾乎看不到從前那種大休息室了，取而代之的是每個藝人都有自己的包廂休息室。各自分開的休息室標上房號，像是飯店一樣。少了和其他藝人共處一室的機會，菜鳥也學不會規矩。連前輩掏菸出來時，都不知道要趕緊拿出打火機點火。

結果，現在的菜鳥藝人連遇到第一次見面的前輩，也無法適當地應對進退，甚至做出失禮的舉動。這麼一來，前輩藝人遇到那個菜鳥的師兄時就會抱怨：「你家的某某，到底是怎麼回事啊！」

不是「不打招呼」，而是「不習慣打招呼」

以我來說，我收了將近四十個徒弟，平日對他們盡量不採取打罵教育，這群被稱為「軍團」的徒弟因為經常跟著我，耳濡目染下至少學會了最起碼的規矩，也不會做出失禮的行為。

然而，像我這樣的藝人現在是少數派，不但諧星藝人不再收徒弟，也很少看見願意拜師的年輕人了。大家都是經紀公司開的培訓學校出身，當然也沒有所謂的師父的存在。沒有師父這件事，意味著就算和朋友去喝酒也不會有人阻攔，對藝人來說自由是一件好事，只是相對地，也會變得愈來愈不懂禮數。

今日的年輕藝人，紛紛把自己當成傑尼斯偶像。從培訓學校畢業、電視台給予機會出道，順利的話開始受到觀眾的喜愛。藝人一受歡迎，被經紀公司和電視台視為搖錢樹，也就有更多的曝光機會。只是，這傢伙的薪水依然很便宜，等到不紅了也會立刻被拋棄，其實和氾濫的寫真偶像沒什麼兩樣。

在這種狀況下，藝人之間雖有橫向聯繫，師兄師弟、前輩晚輩的縱向聯繫卻是完全消失。無論是否尊敬對方，菜鳥面對當紅藝人時，往往不知該如何自處，自然會做出失禮的表現，結果就是被批評「連打招呼都不會」。

可是，這是因為藝人諧星身處的環境和以前不同。他們不是不打招呼，只是不習慣打招呼。這麼一想就會發現，現在的年輕藝人本性並不壞，也不是「故意不打招呼」，更沒有挑釁前輩的意思。他們只是不知道該在什麼時間、什麼場合，如何正確地打招呼，不懂得打招呼的禮數和規矩罷了。

這種情形不限於諧星藝人，時下年輕人做事幾乎完全不符合禮數規矩，規矩也是方法，我認為他們不懂得在什麼狀況下該用什麼方法。比方說，在電車裡讓位給老人家，這該算是天經地義的規矩了吧？然而，時下年輕人卻坐著不起身。那並不是故意不站起來，而是從來沒學會正確的規矩。他們不懂在搭電車的情境中，要怎麼適當勸說老奶奶坐在自己讓出來的位子上，只好一股腦地裝睡。

我常說「電車設置博愛座是莫名其妙的事」，只有車廂兩端的位置需要讓給老人家，這不是很好笑嗎？電車上所有的位子都該是博愛座才對。全部都是老人優先席。這不是廢話嗎？當年輕人能稍微察覺這是天經地義的事時，他們就開始懂規矩了。

「知恥文化」去哪了？

我看過一本書，內容提到日本文化是「恥的文化」，而西洋諸國則是「罪的文化」。書中說，西洋人的良心根源於對神的罪惡感，換成日本人，則是不想在他人面前出醜，不想在他人面前做出不知恥的行為。簡單來說，「恥」是日本人的基準。這個說法，確實頗有道理。

從前，武士若名譽受損就會提出決鬥的要求，在戰爭中成為俘虜的士兵寧可自盡也不願受辱。諸如此類，日本人從以前就是賠上生命也要維持自身的體面。知恥文化留存至今，但另一方面，近來也出現了「知恥但仍然厚臉皮」及「完全不知恥為何物」的兩種新型態日本人。

厚臉皮豁出去的傢伙知道恥為何物都沒救了，更別說連羞恥是什麼都不知道的人。要如何讓他們懂得規矩呢？結論是無論哪一種型的人都需要教育。話說回來，沒有品的傢伙就算受教育還是沒救。

話題再回到電車，我對於電車上那些帶著小孩的父母怎麼也不願意管教小孩的行為感到疑惑。不管小孩再吵鬧、手裡的食物把車廂弄得再髒，父母也絲毫不為所動，究竟為什麼呢？此外，在電車上化妝的女人依然是那麼多。儘管電視或其他地方已經說過那麼多次「真的很難看」，她們就是不願意改。

以前年過中年、行為難看的婦女被稱為「歐巴桑大隊」[1]。後來「歐巴桑大隊」成為流行語，歐巴桑們搞不清楚狀況，還高興地直說「因為我就是歐巴桑大隊阿」，難看大媽真是不知羞。

現在那些不知恥的傢伙也一樣，不罵小孩的父母被冠上「怪物家長」的稱號，在電車裡化妝的女人則有「化妝狂」的別稱，一一受到媒體矚目。這麼一來，教育什麼的根本沒用，對那些人來說，只要受到矚目就夠了。

1 出自堀田勝彥一九八八年推出的同名漫畫《オバタリアン》。為日文「おばさん」（婦女）與英文Battalion（大隊、軍隊）的合成語，被用來諷刺神經大條、給周遭添麻煩的中年婦女。

取締補習班吧

前面提到有些人必須受教育，不過話說回來，現在的學校教育本身就是問題製造機，還真傷腦筋。更別說，一天到晚都有色胚老師被抓，還有，補習班的存在也很奇怪，根本就是暗黑教育。

戰時到戰後的一段時間，日本實施食糧配給制，民眾想買超出配給額的米就要去

「地下黑市」買，買回來的叫做「黑米」，是會被取締的東西。現在的教育，好歹從國小到國中的九年採義務教育制，除了學校之外的教育機構不就是「黑教育」了嗎。不取締補習班才真是不合理。

或許有人會說，為了應付升學考補習班必須存在，不去補習就考不上好學校。問題是，升學考的內容必須設定在國家提供給孩子的義務教育的範圍內才行。如果升學考的考題比學校裡教的還難，小孩還不如自己在家讀書。

特地讓小孩去學校之外的補習班學習，接受與學校不同的教育，這會對沒有補習的孩子造成不利條件，這麼一來就不公平了。

國家有義務讓所有孩子公平地接受教育，若是某些人在升學考中享有比別人有利的條件，這不是很奇怪嗎。比別人早上補習班接受教育，等於一開始就認同作弊。國家應該全面取締補習班，讓孩子只在學校接受教育。在公平的條件下若是出現表現特別優秀的孩子，就讓這些小孩先升上水準更高的學校。

看看現在，補習班比起學校搞不好掌握了更多的主導權。學校老師在班會上說「我認識某某補習班的老師」，這樣說竟然能討好學生。認識某某補習班的老師是一件厲害的事，這根本是本末倒置。

聽說還有公立學校聘請了補習班老師，這到底是什麼跟什麼？我看乾脆把所有學校廢掉只留補習班就好啦。這麼一來也不用見到那些不聽話的小鬼了。

無法離開群體的人

只要和爺爺奶奶同住，或是與舊世代的老派日本人長時間相處，就算是愚笨的小鬼多半也能學會規矩。可是，現代小孩往往遠離年長者，連怎麼與人溝通都不懂。這麼一來，大家只和好相處的人在一起。人變成小的核心，只和同溫層靠近。

話題換到網際網路，就是所謂ＳＮＳ（Social Networking Services）吧。社群網絡好像很受歡迎，說是可以「建立新的人際關係」。說穿了，不過是擁有相同嗜好、工作或出身的人，甚至是只對相同話題感興趣的人在網路上的群聚而已。

我不敢相信的是那些一天到晚上網的人，到底哪來那麼多閒工夫呢？與其在聊天軟體上交談，動不動就槓上對方吵起來，何不稍微思考一下對方的教養。和看不到臉的人吵架又能怎樣，雙方肯定都是蠢蛋。

人附屬在某種團體下就會感到安心，所以明明不是阿宅也硬是跑去秋葉原閒晃。一聽說秋葉原是宅男聖地就跑去了，去那裡的目的只是為了成為宅文化的一份子，而不是因為那裡存在什麼能讓自己傾注熱情的事物。說起來，就是個偽宅。

去女僕咖啡廳的小哥，行為像是追星，但主要還是為了在那裡找到同伴吧，因為能聽到「欸，又見到你了」之類的話。至於打扮成女僕的女孩子，也不是因為熱衷角色扮演才扮成女僕，她們只是想要享受某種明星光環，和為了見自己一面前來的客人成為群體。

脫離群體就不知道怎麼游泳了，不是群聚就會感到焦慮不安。因此什麼團體都好，姑且找個容易打入的群體加入吧。如今這種情況充斥在世界上各種地方。

讓我來談些社會化的事情吧，如何籠絡佔人口最多數的「庶民」、獲得最大程度的利益，是資本家一直在思考的事。如果想賺錢，就是要讓愈多的人買下什麼或開始某種行為。而無論是購物或娛樂，只要讓大眾人手一支手機就能完成一切了，不是嗎？

小時候我們買凱蒂貓玩偶、被帶去迪士尼樂園、吃麥當勞或肯德基。現在我們擁有手機下載遊戲與音樂。等到最後上了年紀，不管是住進安養設施或死後的墳墓，全都是別人安排好的商品，從出生到死亡，每個人的一切都按照資本家的安排。

我們不就是牛或山羊嗎？只是自己沒有發現，其實都被圈養著。

這樣下去不行，不抵抗不行。有時候我覺得，就算掙脫安排會被殺死，說不定那樣比較值得驕傲。或是決定自己絕對不去迪士尼樂園等等，以為那樣比較有骨氣。

前不久一群老宅男讓我大笑了一場。他們聚在一起，談論著年輕時的學生運動，我心想，這些傢伙到這把年紀了還混在一起啊。什麼革馬[1]、安保共鬥[2]的，在酒館裡聊得慷慨激昂。原來這群老傢伙是社會主義宅呢，在一旁聽著，我不由得好笑起來，仔細一看，他們年紀和我差不多。

1 「共產主義者同盟革命的馬克斯主義派」的簡稱。

2 一九七〇年代後期由日本大學生發起的激烈學生運動。

認識新世界的快樂

奶奶對孫子說「吃飯時要感謝農民的付出」，漫才師父要菜鳥好好整理休息室化妝台，木工師父指導新手如何使用刨刀……在傳統技術與思考方式的傳承下，年輕人也學會了規矩。

如今這個時代三代同堂的家庭變少，藝人休息室從一大間變成個人包廂，想從環境學會規矩秩序變困難了，接下來只能靠自己學習。某種程度上認真學習過的人，知道該如何與年長者溝通。既不學習又忽略學習的重要性的人，凡事只會以「那個世界與我無關，不知道也沒關係」告終。

因為擅自切斷關係性，對話變得愈來愈困難。這裡，就出現了代溝。

不過，只要有機會，還是能展開對話。與其認定年長者的世界與自己無關而拒絕接觸，如果能問一聲「爺爺，您在做什麼？」生活肯定更有趣。

什麼都好，盡可能主動學習。即使只是多了解一點年長者正在做的事，不止能讓對方感到欣慰，對話也能繼續下去。

如果不喜歡「學習」這個說法，不妨想成「放入知識」。既然要活下去，當然是活得開心點啊。腦中放入的知識愈多，生活不是愈有趣嗎？擁有一個和自己不同的世界，絕對是好事。

想認識不同的世界，讀書獲得情報是快速的方法。不是說一定要從書本吸收知識，我只是認為看書是最方便的管道。所以我很喜歡去書店。若不試著增加自己的知識，生活的世界愈來愈狹隘的話，人生豈不是太無聊了。

「茶泡飯粉包」與茶道的關係

我在與裏千家的掌門千宗室先生見面之前，透過書本做了一些學習。無論茶道、花道或是武家，這些日本傳統文化的規矩早已自成一門哲學或者說文學。「茶道」與「花道」裡都有「道」，已經是一門完成的哲學。

腦中先有了知識，和掌門談起話來就有趣多了。我提出問題，他也知無不言地為我解答，我聽到許多書本上無法獲得的知識，每每一陣讚嘆。除了前面提過特意在茶室石板路上放置枯葉的故事，令我特別佩服的還有一件事——原來永谷園的「海苔茶泡飯」竟是一款遵循茶道規矩做出的商品。

永谷園推出的茶泡飯粉包中，可以看到顆粒狀的米果，據說那是用來取代鍋巴的食材。茶道的茶懷石料理裡，最後一定會出現一道含有鍋巴的茶泡飯。

儘管流派有所不同，茶懷石通常會按照飯碗、湯碗、生魚片小缽的順序上菜，接著依序享用酒、燉菜、燒烤、飯、小碗湯、季節菜，最後在端上甜點之前會先端出「湯斗」。這裡的湯斗就是茶泡飯，使用的飯以釜鍋炊成，所以會有鍋巴。茶人把茶淋在鍋巴飯上，搭配漬物品嚐。

這些雜學，都是和掌門在談話中學到的事物。

我問：「為什麼茶泡飯裡總會放入像蝦仙貝一樣的東西？」

掌門：「那是用來取代鍋巴的。」

原來如此，完全遵循了茶道的規矩呢。永谷園也滿懂的嘛，有兩把刷子。

和掌門聊天才知道，從端茶上桌到品茶的坐姿等，茶道有各式各樣的規矩。我還學到，就連「說話」也有一定的規矩。掌門招待客人，立場是招待方，就要衡量那個位置與自己的位置，該如何進行對話才得體。在這個當下，秩序已經形成。

「茶道掌門人應該很會玩喔？教人家茶道賺了不少錢吧？茶道掌門只要坐在那裡就好，還真輕鬆啊。」

這種話打死也不能說，會激怒人的。大家有默契不說出這種話，就是「說話的規矩」。「掌門代表頂端的話，他培育出的弟子裡面應該有許多笨蛋吧？」這也絕對不能說出口。

說話規矩中的「不能說的默契」真的是一門相當困難的藝術，不但必須思考對方正在想什麼、處於何種狀態，自己對對方也得具備某種程度的認識，否則很可能說出相當失禮的話。

「不是有那種靠家世當上社長的人嗎？其實只是『靠爸』的不成材兒子。」

這話一說出口，正好貶到眼前人。

「我就是靠家世當上社長的，抱歉啊。」

「不是，我絕對不是在說您……」

「這裡除了我以外還有其他社長嗎？嗯？」

規矩乍看很簡單，其實想學會規矩需要龐大的知識。擁有所有必要知識的人就會被稱為「瀟灑的人」，沒品的人不是腦子笨，而是置入知識的腦容量太小了。

誹謗也有規矩

大概有人會說：北野武你還不是常在電視上講別人壞話，你才是不懂規矩的傢伙吧。可是，其實誹謗也講規矩呢，我絕對不會因為嫉妒或怨恨說他人壞話。

有些人抱怨別人，是出自對對方的嫉妒或怨恨，做這種事最丟臉了。身為搞笑藝人，當我在說別人的壞話時，基本上都是在認同對方的前提下，把自己當作受害者。

二〇〇八年的威尼斯影展上，我說了宮崎駿導演的壞話。

「搞什麼嘛，吸引了那麼多觀眾」、「吸引的都是女性觀眾，拜他所賜女人都不來看我的電影了。」我這麼抱怨。還說「宮崎駿的臉長得超像海豹」，話雖如此，基本上我都是在抬舉對方。

我的電影《阿基里斯與烏龜》在放映會場獲得觀眾起立致敬，沒想到，宮崎駿作品《崖上的波妞》博得更大迴響。所以我就抱怨了兩句：「可惡，要是獎項被那傢伙搶走就糟了。」其實只要仔細想想就知道這是讚美之詞吧。

愚蠢的電影評論家或電影導演，聽到北野武的電影在國外獲得好評，會說些「在國外獲得的評價不重要，我並不打算出國發展」、「我重視的是日文」之類丟臉的話。你說「在國外獲得的獎項就像屁一樣不值一提」，那我想問，說這句話的人得過什麼獎項呢？明明背地裡很感興趣，一心想出席外國的電影節，在海外獲得好評，嘴上卻說出「國外與我無關」的蠢話。

要抱怨也無所謂，能不能至少搞笑點呢。抬高對方貶低自己，說不出這種程度的壞話，頂多就是個蠢材導演。

綜藝節目不是經常出現「時尚檢查」的單元嗎？在路上找個女人，讓Peeco之類的時尚評論家對她的穿著打扮品頭論足。每次看到我都覺得非常不愉快。「這個包對粉領族來說太貴了吧，和整體穿著也不搭」，或是「明明只是粉領族，竟然拿這種包」。你的評論才窮酸！我看你只是想要那個包吧，還是閉嘴吧！只有羨慕的評論真讓人覺得沒品。

當我看到男人帶著女人，常說些類似「那傢伙憑什麼帶這麼好的女人」的壞話。

「那傢伙，不可能會受女人歡迎。」

「絕對是被女人騙了。」

「這種美女，不可能跟那傢伙配在一起。」

乍聽之下全是誹謗，事實上卻是在讚美那個女人。反過來說，看到男人身邊帶著醜女時，我就不太會說什麼了。絕對不會說出「帶著這麼醜的女人真可憐」這種話。就算要說，也要加上「那個醜女人，不是我的前女友嗎？我還在好奇她去哪了，原來跟他在一起啦」之類的搞笑來緩頰才行。

先認同對方才能說對方的壞話。這不就是誹謗的規矩嗎？

規矩生「品格」

與人爭論時，必須懂得最低限度的規矩，不能做出失禮的事。從一個人的規矩可看出他的品格。「那個人真沒品」，被這麼說的，多半是失了規矩的人。

任何領域都有規矩。每個人也有屬於自己的規矩。舊街區勞工有舊街區勞工的規矩，大富翁有大富翁的規矩。當人們進入社會時，這些規矩就成為表露在外的「品格」。

說到個人的品格，就算是榻榻米師父或油漆師父，在工匠的領域裡也有工匠個人的品格，我想起老爸常說的話。

「誰會為了錢去做那種工作！油漆可不是隨便塗上去就好的，竟然叫我一起去做那種外行人也能做的事情。」

那時，附近工廠來找父親去做噴漆工，那是大量生產製品的工廠，和工匠手藝好壞完全無關。從各地招來的勞動者，在廠內做著單調乏味的制式工作。

「不管是噴漆還是上亮光漆，我什麼都會，可不是為了在工廠做那種事才成為油漆工的。」

儘管老爸這麼說，最後還是為了錢接受了那份工作，懷著不甘願的心情，像個單純作業員一樣到工廠上班。

不願意做出有失職人規矩的事，這份驕傲會成為他的品格。而毀壞品格的正是金錢，所以才說錢是像惡魔一樣的骯髒東西。因為沒有錢，老爸不得不去工廠上班。幾乎所有人都敵不過金錢的誘惑，敗給金錢的人，就會被烙上「沒品」的烙印。

我從很久以前就開始畫畫，但是一張畫也沒賣過。就算有人說：「請賣給我吧！」我也不賣。不過我會送人，這樣比較好。對照顧過自己的人，親手寫一封感謝信一定比傳送電子郵件表謝意來得好。同樣的道理，畫也是一樣，說「這是我自己畫的畫」，再將作品送給對方，絕對比賣掉好。

賣畫，就代表這幅畫會被標上價格，畫可以用錢來交換，光是這樣已經弄髒了作品。所以我會跟對方說「哪天我要開個人畫展時再請您把畫借給我，展完之後一定奉還」，只有取得承諾，我才會把作品送給對方。

別人收了我的畫之後，不管是要賣掉還是怎麼樣都無所謂，那已經和我無關。不過，萬一賣出驚人價格該如何是好？像村上隆作品那樣，在拍賣會上「以一千五百萬美金成交」之類的。到時候偷偷跟對方說「分我兩千」好了。有點窮酸。

所謂有品的花錢方法

花錢花得巧妙的人很有品。做任何事都需要體力，花錢也是一種體力活，雙手捧著錢渡河很容易失去平衡跌落河中。相較之下，原本就有充足體力過河的人，手中金錢的重量感覺起來就比較輕了。

舉例來說，富人把錢用來貢獻社會，對社會做好事。可是，有時「做了好事」的心情會成為包袱，炫耀自己「做了好事」會讓富人變成沒品的人。因為他失去了為富的規矩。

外國的大富豪常說「與其繳稅給國家，不如做點好事」，於是捐出大量財產或自行創立財團。不過在日本，捐款就是要繳稅，免稅的門檻很高。想創立NPO又得先經過繁瑣的政府機關手續，從事義工活動的人很辛苦。其中，還有一些搞不清楚是不是真的對社會有貢獻的義工。

不久前有個「白手環計畫」，說是為了幫助「世界上貧困的人」，義賣一個三百日圓的白色手環，不少明星與運動選手參與了宣傳廣告。拜此之賜，幾乎人手一個白手環，聽說收益高達十幾億日圓，我好奇這個活動會捐多少錢出去，一打聽才知道，那筆錢根本不是被當成捐款，而是要用在「幫助開發中國家貧困階層」的「宣傳活動」上。我的老天。

簡單來說，白手環計畫的目的不是募款，只是一個喚醒國民及政府注意「世界貧困問題」的宣傳活動。所以白手環的收益只用在宣傳廣告上，我總覺得不太對勁。

相較之下，我公司裡綽號「就這樣阿東[1]第二代」的佐馬宏，可是用自己的錢蓋了學校呢。佐馬宏來自非洲一個叫貝南的國家，用自己十年前在日本出書的版稅，回貝南建設了小學和日語學校。

貝南是非洲的開發中國家，從兒童教育到食糧問題都面臨窘迫的局面。佐馬宏一直從事義工活動，現在甚至頂著「貝南共和國總統特別顧問」的頭銜。我不是很喜歡說嘴，不過既然有緣相識，我也幫了佐馬宏一點忙。

聽佐馬宏說，建設小學問題不大，最大的問題是午餐。學校營養午餐一份只要二十五日圓，當地幾乎所有的孩子卻都吃不起。餓著肚子怎麼有辦法好好學習呢，為了能讓他們吃到免費的營養午餐，我們開始想有什麼辦法幫助貝南人自給自足。

於是，我把這件事告訴經營「花畑牧場生牛奶糖」而致富的田中義剛。田中義剛的牧場也有養豬，我對他說「會從非洲帶一些想學飼養豬牛技術的人來」，拜託田中指導他們飼養方法。田中答應提供三個月的協助，於是我們從貝南帶了一群年輕人到北海道的「花畑牧場」，學習養豬技術，希望他們學成歸國後可以自給自足。

不然，我也在「花畑牧場」旁邊開一間「北野畑牧場」來賣牛奶糖好了。產品名依樣畫葫蘆就叫「北野畑牧場生牛奶糖」，還要賣一款叫「山本MONAKA」的最中餅（monaka）[2]。

好啦，這些不重要。總之，這樣的事如果靠個人力量就能完成，去做一定沒錯。經濟富裕的人，不是只為了自己賺錢，抱著與人分享一點的心情如何。這樣花起錢來應該就不會淪為沒品了。假設一個月零用錢有一萬日圓，那就改成九千，把剩下的一千捐到什麼地方。如果全世界都能這麼做的話一定很棒吧。

我不會說什麼要大家不准浪費。繼續吃喝玩樂也無所謂。只是偶爾捐獻也沒關係吧。打個不倫不類的比喻，就像大家去神社參拜時會往油錢箱丟零錢，抱著這種心情捐款即可。若是每個人都能這麼做，說不定非洲的孩子們就不用挨餓了。

1 東國原英夫的藝名。東國原英夫為搞笑藝人出身，後投入政治，曾任宮崎縣知事、眾議院議員。

2 山本 MONA 為淡出演藝圈的日本女主播，曾隸屬北野事務所；MONAKA 是日式豆餡甜點「最中」的發音。

猴子穿上內褲，規矩瞬間產生

在人際關係上規矩是基礎，能提醒自己不失規矩的人會具備品格。而品格透過體貼或忍耐等言行表現出來時，人們就說它是「瀟灑」。

要我說的話，猴子一旦用兩隻腳行走穿上內褲，那個瞬間，一切的禮儀規矩就開始了。

第一次穿內褲的人，在上大號的時候一定會想脫下內褲吧。在這之前反正沒穿過，大便流下來也沒關係。但是既然穿上了內褲，就不能把內褲當尿布，上廁所時一定會先好好脫下來。在這裡完成了「穿的行為」、「脫的行為」的形式。這就是規矩。

開始用火煮飯後，煮好的飯菜很燙沒辦法直接用手抓來吃。這麼一來，自然形成「用筷子吃飯」的規矩。在人類進化的過程中，陸續出現原本沒有的行為，也可以說是新的言行舉止。這些言行舉止，日後都成為了規矩。

規矩與集體生活息息相關，比方說，武家小笠原流的禮數規範就很合邏輯。

「座位分成上座與下座，位居下座者起身往外走時，不可背對上座者。背對上座者是失禮的行為。」

「拔刀時右腳往前踏。因為踏出左腳會斬到自己的腳。」

「不可踩踏榻榻米邊緣。這會令躲在榻榻米下的敵人有機可乘，從邊緣縫隙伸出長槍攻擊。」

聽起來非常繁瑣，但是，每一條都是符合武家需求的規矩，事實上也都能從科學角度解釋。

就連拉開紙門也有一連串標準步驟。首先面對紙門正座，接著，用靠近把手那一側的手，抓住靠近梁柱的把手。剛開始先拉開一道只能供手掌伸入的縫隙，再把手心就在下方數來三十公分左右處，把門推開至中央位置，最後用另一隻手將紙門完全拉開。紙門拉開後，維持正座姿勢進入屋內，身體朝紙門轉向，關上紙門。

只是開關紙門，為什麼步驟這麼麻煩呢？最初只拉開一條縫，為的是暗示屋內的人「現在要拉開紙門了」，若是毫無預警拉開紙門，會嚇到對方。此外，剛開始拉開時用一隻手，將門拉到底時要換成另外一隻手，其實是因為這樣最符合人體工學。

這樣的規矩是歷史建立的。

說得誇張一點，幾萬年的歷史形成了規矩。所以規矩可以說是活在地球上的我們與大自然最恰當的關係。在水池邊洗手，聆聽添水的竹筒敲上石塊的聲音，望向倒映池面的月亮，一切都與大自然息息相關。

這樣一來，我們會明白破壞大自然是多麼沒品的行為。那完全違背了規矩。開發森林、建造水壩都很沒品，拜此之賜，鹿與山豬都下山跑進人住的地方了。

談禮儀或品行，一再強調規矩、規矩，或許很多人會聯想到餐桌禮儀或茶道禮法，誤以為是某種極端的文化社會裡，有錢人在遵守的特殊事物。不過，這樣想是大錯特錯。

人類若想守護自然，與自然共生，言行舉止就不能脫離規矩。規矩是所有人必須共同遵守的東西。富人也好，窮人也罷，談規矩不看這些。

5 技藝

把生存之道化為「藝」，
就能拉高品格

藝人活在社會底層

「從書桌旁邊的樓梯往地下室去。

石階邊緣經年地磨損，整面牆布滿不知道是什麼東西造成的污漬，這裡有一種在時間深處蟄伏許久的感覺。不只如此，幾十年沒有流通的空氣難免散發一股潮濕霉味，曾經的人群聚集地也形成一種特有的酸臭味，只要一聞到這種味道，感覺就像拿到了今日限定的藝人表演證。

不知道有多少藝人曾經聞過這裡的酸臭味。大宮傳助、TENYA．WANYA、W健二、短劇55號……大家都嗅到了這味道然後大紅大紫，這麼一想，又覺得這味道也不壞。只是，我到底要聞到什麼時候呢。」

（北野武《漫才病棟》文藝春秋）

這段文章出自超過十五年前我的「第一本類自傳小說」。小說描寫年輕淺草藝人的故事，主角原型當然是我。上面一段是主角走進表演廳休息室時的心境，由於休息室位於地下室，應該能令人聯想到社會底層的氛圍。

我想說的是，藝人就是存在於社會底層，從以前就被看得比士農工商更低賤。不只是搞笑藝人，從阿國歌舞伎的出雲阿國[1]的那個時代開始，從事表演行業的人就被看輕。

經常聽人說「藝人見不到父母最後一面」。因為觀眾還在等，即使父母死了，也只能擦乾眼淚站上舞台。其實這種解讀是錯的。正確來說，是指藝人即使父母過世也能像沒事般站上舞台，是沒有感情的人。即使父母死了還是能平心靜氣地逗觀眾發笑，才具有藝人的資質。那句俗語的意思並非藝人「見不到父母最後一面」，而是指藝人「就算父母死了，自己也沒事」。

演員不是一天到晚都在說些假話嗎？一切無關自己的喜怒哀樂，哭是假哭，笑也是假笑。戲子就是這麼無情喔。不但可以做出殺人犯的表情，也可以扮成善良的人。不是以自己真正的情感，而是以另一份情感在行動。演員的可怕之處，就在於能夠投入那份感情。

無論是演員或搞笑藝人，都擁有異於常人的情感。我非常能理解為什麼藝人會受人歧視。雖然，最近的藝人都變得像偶像明星一樣了。但是藝人畢竟還是有藝人的規矩，廣義來說，「表演」這件事和規矩就有相通之處，這個容我之後再說，就先讓大家認識藝人的殘酷面吧。

1 出雲阿國為日本安土桃山時代（西元一五六八至一六〇三年）的女性表演者，被視為歌舞伎的創始者。

「不紅的理由」總是特別多

我在淺草表演的一九七〇年代，日本正從高度成長期進入穩定成長期，日本人也開始過起豐裕的生活。然而，淺草的表演藝人卻可說是乞丐。不只是沒有錢，心靈上也像是乞丐。

組了漫才二人組，不久後知道紅不起來，不想承認卻心知肚明，事實就是這兩個人搭檔不會紅。可是，沒有半個人會把不紅的原因歸咎到「自己」身上。千錯萬錯都是搭檔的錯，以「搭檔不好」為由拆夥，這種事情層出不窮。

當然也會有像我們一樣順利走紅的搭檔，有趣的是，走紅的原因誰也不懂，唯獨不紅的原因要多少有多少。走紅的人被問及「認為自己為什麼走紅」時總是回答不出來，不紅的傢伙被問到「認為自己為什麼不會紅」時，就能舉出一百個理由。最常見的是搭檔不好，也有人會說「跟錯師父」、「觀眾太笨」、「時機不對」、「沒有得到機會」、「運氣不好」、「這個社會不好」……反正全部都是別人或社會的錯。說不出那一句「是我不好」，正是一種精神上的貧乏。

當時「走紅」的定義是「有知名度後酬勞變多」。光是獅子TENYA與瀨戶WANYA能在「森進一歌謠秀」擔任暖場藝人，就是我們搞笑藝人之間的大新聞了。他倆以「雞蛋的父母，那不就是小～雞嗎」及「堂兄弟～表兄弟，堂表兄弟」等搞笑哏，在人氣歌手開唱前炒熱氣氛，表演一次的酬勞是二十萬圓。我和搭檔兩個人表演一次的酬勞也才只有一千圓，二十萬真是天文數字。

Two Beat走紅之後，也開始擔任歌謠秀的暖場藝人。有一次，在札幌舉行的「內山田洋&Cool Five歌謠秀」上半場由我們表演搞笑暖場，下半場再由Cool Five上台唱歌。沒想到，這次的演出發生了歌謠秀前所未見的狀況。因為Two Beat太受歡迎，我們表演完漫才後，觀眾紛紛起身離開，等到主秀Cool Five上台時觀眾席已經沒人了。因此，主辦單位只好說：「不好意思，下一場請兩組人馬交換演出，Cool Five先上台，Two Beat最後再上場。」

等到下半場我們上台時，觀眾歡聲沸騰，我不由得心想「竟然也會有這種事」。說來丟臉，但是我們的酬勞依然很便宜。因為這是半年前就敲定的演出酬勞，誰也沒想到我們會迅速走紅。最開心的就是主辦單位了。

「Two Beat啊，早知道只找你們來就好，不該找Cool Five來的，否則鐵定賺更多。」

這傢伙在說什麼啊。

「原以為Cool Five只有五個人，沒想到有六個人，還得加上樂團。如果只找你們兩個的話，只需要付兩人份的酬勞，麥克風也只要準備一個就好。」

真是夠了。

脱衣舞孃與小白臉的奇妙關係

上電視、在歌手唱歌前搞笑炒熱氣氛，就是淺草藝人的地位象徵，大家都想上電視。雖然很想上電視，但是做不到時也可以說聲「那就這樣吧」。淺草這個環境對藝人來說，就是待起來這麼輕鬆的舒適圈。

在淺草，包括來欣賞漫才的觀眾在內，從居酒屋老闆、藝伎到脱衣舞孃，大家都有心要當藝人的後盾。不只藝人口中的「阿爺」是金主，連手頭沒幾個錢的傢伙也會成為藝人的金主。就算只花五百圓，請吃飯的就是金主吧？整個淺草就像個互助會。

我也經常被請客。料理店的老爹一看到我走進店裡，就會自然大喊「喂，阿武來了，誰請他喝一杯吧！」客人中就會有人說「來，喝吧」。肚子餓的時候，只要跟前輩藝人說一句「大哥，請我吃點什麼吧」就會有東西吃。即使沒錢，日子還是能勉強得下去。

這種事在淺草太理所當然，藝人待在這裡如魚得水，根本不可能出現「淺草這地方真討厭」的想法。大家都能在淺草待到死。淺草藝人就算不紅也不會留下遺憾，也是因為這樣才紅不起來啦。

到了脱衣舞場，舞孃視供養藝人為天經地義的事。跳脱衣舞的大姐叫外賣吃的時候，有時會連藝人的份一起叫。其中也有想和藝人在一起的女孩，我就遇過邀我喝酒或是說「你可以從我家通勤喔」的女人。這聽起來太危險，我最後還是沒去就是了。不過，我的搭檔阿清和我不一樣，人家約他立刻就去。那傢伙連「男大姐」家都去了。

從鄉下到都市來打拚的脱衣舞孃，認為自己和喜劇演員在一起很理所當然，總是使出混身解數來挑逗我們。那些女孩都太寂寞了。工作是裸體跳舞給男人看，身邊沒有喜歡的男人怎麼幹得下去。所以，女孩們很需要男人。

就算和誰在一起也會很快被拋棄，逐漸墜入墮落的深淵。同時賴著好幾個這樣的女人吃軟飯的小白臉，在淺草多如過江之鯽。吃軟飯的傢伙一開始交往的對象只是在咖啡店工作的普通純情女孩，等到自己生活過不下去了，就央求女孩下海跳脱衣舞。

其中還有相當詭異的藝人組合，聽說原本在學校裡是一對師生。老師對女學生出手，兩人一起私奔，日子很快就過不下去，於是女學生成為脱衣舞孃，學校老師變成吃軟飯的。在休息室裡看到小白臉在教脱衣舞孃數學，簡直莫名其妙。

到處都是垃圾堆

不只淺草，到處都有無可救藥的藝人，就跟垃圾堆一樣。名古屋的大須演藝場有個叫「和尚漫談」的表演，出場的藝人打扮成和尚，叩叩敲著木魚上台，身穿袈裟，頭上戴著光頭頭套。

藝人這樣敲著木魚，慢條斯理地說起來：

「就連忘卻塵世的我，看到木魚縫也會想起。」

我差點沒昏倒，你倒是説説想起什麼了啊。

「看到木魚縫，讓我想起做愛真是一件好事。」

白天來看表演的觀眾都是些老奶奶，紛紛破口大罵「這個王八蛋」。

表演和尚漫談的藝人下台後，在休息室裡打起麻將。他熱愛麻將，到了無可救藥的地步。偏偏牌打得很差，很快就輸得身無分文。

「借我錢。」

「才不要。沒錢就別打牌啊。」

如此這般，他只好拿出別的東西抵押。

「好吧，那我用這個頭套和這件袈裟當抵押，一決勝負吧。」

結果，他又輸了。

失去舞台服，接下來又輪到他上台了。無可奈何之餘，表演和尚漫談的傢伙，隨便拿起放在一旁的美式足球運動衣，穿上就要上舞台。喂，那是別人的衣服吧！髮型不是和尚頭，身上穿的不是袈裟而是美式足球運動衣，卻依然敲著木魚，從「就連忘卻塵世的我……」開始講起。再一次被觀眾破口大罵「這個王八蛋」。

演藝場的經理也來罵人了。

「你表演的不是和尚漫談嗎？」

「不好意思，扮和尚的道具被人拿走了。」

「哪有藝人像你這樣的！」

不好意思、不好意思。只見他哈腰鞠躬，連聲道歉，還以為這個人會稍微反省，又聽說他夜裡摸進賣名古屋味噌燉菜的歐巴桑的房裡，想非禮人家，結果被警察抓走了。真的是個無可救藥的傢伙。

還有一個故事。大須演藝場前面不遠處有一間叫鶴舞劇場的脫衣舞廳，有一對預定要在那裡表演真槍實彈ＳＭ秀的夫妻，誤打誤撞地跑進大須演藝場。因為半途走錯路，來時已經遲了，匆匆跑進演藝場時，正在等待藝人的經理說：

「你們搞什麼，這麼晚才來。」

「不好意思，我們遲到了。」

「廢話別多說，快上台表演了！」

「好的，請用這卷錄音帶播放音樂。」

「要播放這卷錄音帶嗎？」

音樂一下，這對夫妻就以ＳＭ的裝扮入場，一邊揮舞皮鞭一邊跳舞。問題是，觀眾來的是演藝場，還以為他們要表演什麼搞笑橋段。

「這兩個傢伙是在幹嘛？」

「手上還拿著鞭子。」

「而且在跳舞耶。」

哄堂大笑中，女人脫起衣服，夫妻在台上做起那檔事來。

「喂，這不太對吧。」

「好像不是搞笑耶。」

兩人就在普通的表演場合上演了一齣活春宮。很快地，那對夫妻也察覺事態，說了「我們弄錯了」便匆匆離開。唉，真是荒唐。

搞笑藝人的規矩是什麼

若要問搞笑的規矩該是什麼，答案絕對是讓觀眾發笑。除此之外沒有別的了。反過來說，在看見觀眾露出笑容的瞬間，甚至會產生「觀眾這麼捧場，不收錢也沒關係了」的念頭，搞笑藝人若不具備這樣的品格，就沒有身為藝人的規矩。

搞笑藝人有兩種，一種是像桂歌丸師父那樣，說「笑我吧，觀眾不笑，一切就沒有意義」的藝人，另一種則是明確地表示「逗觀眾笑，但是不是被笑」的藝人。深見千三郎師父就是後者，他老是說：「我們不是被笑，是靠我們讓觀眾笑。」「走上路上被笑的話不是會很火大嗎？心甘情願被笑，只有在表演的時候喔，所以我才會成為藝人。」

他的說法，我倒是很喜歡。

不過，那並不表示為了博觀眾一笑做什麼都可以。這裡面是有規矩的。前面也提過「金錢會毀壞品格」，為了錢做到某種地步是沒品，為了讓觀眾笑沒有限度的表演，也是沒品的技藝。

從前，有個前輩藝人擔任歌謠秀的暖場藝人。我剛好在那附近的演藝場演出，因為當天表演結束得早，就順道去拜訪那位前輩。

「喔，是武啊，你今天的演出怎麼樣？」

「觀眾對我的哏一點反應也沒有。」

「我說你啊，說什麼觀眾沒反應，你表演的不是漫才嗎？得有無論如何都要逗笑觀眾的毅力才行啊！」

前輩狠狠教訓了我一頓，最後還長篇大論起毅力的重要。

「要是觀眾不笑，你就得做到他們笑為止，沒有這種毅力怎麼行。」

「那我繼續努力。」

接著，前輩說「哎呀，輪到我上場了」便走上舞台。我為了觀摩前輩的演出，也往觀眾席走，走到一半就聽見哄堂大笑的聲音。「大哥果然受歡迎」，我往台上一看，他竟然在用鼻孔抽菸。

那根本算不上有哏的表演。老實說，我才不想淪落到用鼻孔抽菸來引觀眾發噱。我不做這種事。

有些搞笑藝人會拿自己身體上的缺陷來當笑點，或是故意用口吃的方式說話等，靠外表或說話方式來逗笑觀眾，這很不好。我認為是沒品的做法。不管怎麼說，搞笑還是得用哏或橋段來取勝才行。

「為了讓觀眾笑，寧可做到那種地步嗎？」這個問題也是在問「為了讓觀眾笑寧可做到那種地步，這麼想賺錢嗎？」換句話說，搞笑藝人一旦做了沒品的事，沒品的程度就會加倍。

上電視和拍電影的規矩

以我來說，若拿電視與電影相比，老實說我比較喜歡電影。雖然不太喜歡電視，但電視表演的酬勞高，所以我會把它視為「工作」。當我從家裡出發去拍電影時，通常會對家人說「我去拍電影了」，而不會說「我去工作了」。當我說「明天開始有工作」時，指的都是電視台的工作。在我的想法中，電影不是工作，電影獲得的迴響就是一切，我不太把電影當成賺錢的工具。

不過最近，接下電視工作也不一定是為錢了。我很喜歡聽到人家說「你真是不像樣」。聽到人家說「北野武老是做些蠢事」時，會很想說「是啊，謝謝」。大概是這種感覺。

我老婆竟然問我：「老公，你幹這行三十年了，現在是最紅的時候吧？」真沒禮貌，什麼叫現在是最紅的時候。

沒錯，我接拍了不少廣告，手上也有幾個常態性電視節目，現在演藝工作確實很忙碌。不過，我一點也不排斥，反而心懷感恩。我自稱現在是「第四階段黃金期」。

到了我這年紀，一般人已經在想退休的事，逐漸減少工作量，也想過悠閒生活了。然而我正好相反，不斷替自己安排新工作，還用賺來的錢買跑車。我喜歡開著跑車奔馳，一邊喊著「快！真是快！」也會因此心情大好。只不過，我不會倒車入庫，停車還得找司機來，拜託他「幫我開進去」。在後面喊著「好，退、再退」，想想好像有點遜。

此外，我拍電影也有自己的規矩，那就是一次也沒拍過只有眼部之類的特寫鏡頭。這是從大島渚導演那裡學到的，他告訴我，濫用特寫鏡頭的沒有一個是好導演。反過來說，厲害的導演懂得拉開鏡頭，光靠遠景就能拍出好畫面。

還有，有些演員會「以扮演某角色為樂」，喜歡扮演角色的自己。太過投入角色，還誤以為這樣是優秀的演員。這類演員的演技往往誇張又多餘。

我想拍的不是「喜歡在扮演角色的自己」的演員，我想拍出我喜歡的感覺。所以不讓演員發揮過度的演技，也覺得那麼做很沒品。更別說直接販賣喜怒哀樂、吃喝拉撒等人類情感與本能的傢伙，那種人最沒品。我一再強調藝人沒品，道理就在這裡。

販賣悲傷，以悲傷的演技賺觀眾淚水的傢伙沒品，博取觀眾笑聲的傢伙也一樣沒品。毫不掩飾自己的情感、欲望及本能，並藉此維生的行業就是沒品的行業。所以，以規矩來說，必須在理解這個道理之後才能來拍電影。那種用誇張演技、過度的演出來拍電影，卻還洋洋得意的傢伙，實在是相當沒品。

傳說中的演員

再多聊點演員的事吧。演員一上了年紀，人家就會誇讚「演技真老練」、「有成熟的風味」，有些人很喜歡被這麼稱讚。可是，就我看來那並不是一件好事。上了年紀的人就要表現出上了年紀的演技，乍聽之下好像很自然，其實不是這樣。

到了這把年紀，我想演的角色是黑道老大和窮凶惡極的罪犯，才不想演和善木訥、情感豐富的老人呢。那種角色一點也沒有對活著這件事的執著。對於演技，雖然有些時候你並無可奈何，但我覺得，若以一般的生活方式來比喻，所謂「老練的演技」就是在等死。所以我不想飾演那些行將就木的角色。相反地，我會很樂意演詐欺犯或殺人犯。

我曾經和藤原釜足先生一起工作。他過去是經常出現在黑澤作品的著名配角，我們合作的時候他已經有點年紀，扮演的也是宛如風中殘燭的老人。看到藤原先生飾演的角色腳步踉蹌，始終低垂著頭的樣子，我身旁的其他演員佩服地說：

「哎呀，藤原先生演技真好，演活了一個老人。」

不過，導演一喊卡，經紀人就上來攙扶藤原先生離開。原來他不是「演活了一個老人」，那就是他本人。再往剛才藤原先生站的地方一看，腳下貼著用超大的字寫的台詞，也就是大字報。大到我還以為那是地板花紋。原本看成是格子圖案的地磚，結果是小抄上的字。

關於演員的趣事還有很多，以《丹下左膳》系列出名的大友柳太朗先生也有一段傳說級的搞笑橋段。

當時，大友先生在港口拍外景戲，圍觀群眾拿起相機想拍他，大友先生發現後，氣得大罵：

「你在做什麼！」

「沒有啦，只是想拍張照片。」

「哪個笨蛋會在這種地方拍啊！」

他氣得火冒三丈，圍觀群眾也被嚇得非常惶恐。沒想到，大友先生接著這麼說：

「你要用大海當背景啊！」

因為是港口，既然要拍我就該用大海當背景。說著，大友先生把那位觀眾帶到海邊去。他身上還穿著丹下左膳的戲服，竟然睜開雙眼，高舉雙手擺出帥氣的姿勢拍照。大家都知道，丹下左膳是時代劇英雄，角色設定是失去右眼與右臂。然而，大友先生頂著丹下左膳的造型伸出手還張開眼睛。這張照片太不妙了。

笑著演的忠臣藏？

已辭世的緒形拳先生也很有意思。我和他在特別劇《忠臣藏》中合作過，我飾演大石內藏助，緒形先生飾演大野九郎兵衛。被形容為「銀霧色般的內斂男人」的緒形先生，其實很愛開玩笑，總是喜歡在對戲的時候逗我笑。

有一場戲，我和緒形先生面對面坐著談話。由於鏡頭只帶到我們頸部以上，我們就趁機把小抄貼在對方肚子上。也就是說，我的台詞在緒形先生的肚子上，緒形先生的台詞在我的肚子上。

當我開口說話，緒形先生一邊說「不，不是這樣」，一邊故意移動身體。他扭轉上半身或是往前傾，我因此看不到小抄上的台詞。

「不好意思，緒形先生，請你別動來動去好嗎？」

「咦？」

「我看不到台詞了。」

「這點台詞應該要背起來吧。」

「我也想背起來，但是太忙了。」

「專業演員怎能不背好台詞。」

你在說什麼啊，自己還不是把小抄貼在我肚子上。所以，我決定展開反擊。心裡打的主意是，等一下要把雙手交握在肚子上，遮住緒形先生的小抄。

接下來就是好笑的地方了。正式開拍之後，緒形先生正打算唸出小抄上的台詞時，我立刻在肚子上交握雙手。

「內藏助大人……話說回來，我不許你交握雙手！」

他一邊演戲一邊對我發怒。我一動他就說「內藏助大人，身體勿前傾」、「不許你側身」等等。導播大驚：「卡！台詞錯了。」誰不知道啊！

事情愈演愈失控。不過，緒形先生果然是道高一尺。我是在停止演戲的時候對他說「緒形先生，不要動來動去的」，緒形先生卻能邊演戲邊向我抗議。

巨星的資質，誕生巨星的時代

站在客觀的角度來看緒形拳這位演員，我對他的評價是：「最棒的配角，但並非大明星。」若用棒球來比喻，可以說：他不是長嶋茂雄。舉例的對象可能古早了點，不過，他屬於榎本喜八那種擁有最高打擊率的「安打製造機」型選手。

既然是安打製造機，打擊技術自然卓越，實際上也締造了出色的成績。然而，卻沒有長嶋先生那種光環。長嶋先生的地位與棒球技術高不高明無關。因為擁有絕對的光環，對球迷來說，他的球技如何一點也不重要。

關於緒形先生，大家的評語不外乎是「很會演戲」、「多才多藝」、「無論什麼角色都能詮釋」等等。可是，沒有人會說石原裕次郎「很會演戲」。因為石原裕次郎是渾然天成的明星。

不會有人說「石原裕次郎在某部戲的演技很厲害」，打從一開始就沒有人要求他的演技。因為他是大明星。所謂的明星，就是存在於與一般人學習技藝無緣的地方的人。

同樣的，從沒有人會說美空雲雀「很會唱歌」。因為她本來就很會唱歌。大家只會說「雲雀的歌真好，我喜歡」。我說這話並非想要貶低緒形拳，只是想說明「大明星」與「配角」的差別。與其說配角當不成大明星，不如說兩者原本就是不同的種類。

大明星有大明星誕生的時代。換句話說，時代會創造屬於那個時代的大明星。以田徑一百公尺短跑來說，現在的世界紀錄是牙買加選手尤山．波特創下的九秒六九，這是他在北京奧運中跑出的成績（校注：波特後來又在二〇〇九年八月創下九秒五八的紀錄）。同為奧運一百公尺短跑，傑西．歐文斯在柏林奧運的表現亦傳頌至今。歐文斯是代表美國出賽的非裔運動員。

柏林奧運於一九三六年舉行，已經是超過七十年前的事了。雖然也有人指摘那場奧運被希特勒用來做為政治宣傳的手段，這個姑且不提。當時傑西．歐文斯一人奪下一百公尺短跑、兩百公尺短跑、四百公尺接力與跳遠共四面金牌。好像是在那不久之後吧，又在芝加哥的某場大賽上的一百公尺短跑項目寫下十秒二〇的世界紀錄，其後二十年間無人能破。

波特的九秒六九與歐文斯的十秒二〇，在世界水準的田徑賽中是不用討論的差距。然而，若站在不同的角度，歐文斯的表現帶給世人的衝擊說不定在波特之上。他就是這麼華麗的明星選手。

不過，以一百公尺短跑的紀錄來說，波特的成績在歐文斯之上，這是毫無疑問的事實，比較這兩個運動選手也沒有任何意義。人們經常將過去的人拿來與現在的人比較，我認為這麼做一點意義也沒有。

提起過去的人，然後說「世上再也不會出現這樣的人」，這根本是廢話。因為那個時代也只有他啊。就算是初出茅廬的藝人做了拙劣的演出，也是「再也不會出現這樣的人」啊。

或許是為了美化過去，大家經常使用「當時有過這麼一個厲害的人」的這種說法。

但是，並沒有這回事。事實就是那個人活在某個年代，而那某個年代現在已經不存在了，如此而已。時代消失了，那個人也就跟著消失。

所以，跨時代的比較並不恰當。能跨越時代留在人們記憶中的，只有光輝燦爛的大明星。

不接觸「高手」能學會規矩嗎？

回到藝人的話題。前面提到現在從培訓學校出來的藝人很多，這些人沒有跟著師父修練的經驗。該怎麼形容好呢，以工匠來說，就是從木工學校畢業就當上工頭。這和我們走的路子有點不同。

在學校雖然能學會技術，但沒有在年長的工頭底下受鍛鍊，就算只是用刨刀刨東西，手法好像也哪裡不太對。因為沒有實地接觸高手，沒有親眼看過高手工作。若是在演藝圈的世界裡，這樣永遠也學不會藝人的規矩，即使沒有惡意也可能做出失禮行為。舉手投足都透露品格的不足。

這麼說或許過時老套，但我認為累積修練這件事上還是不能偷懶。跟著年長的師父，和身邊的師兄師弟一起修練，不管被罵笨或傻，還是努力鍛鍊，在縱向的人際關係裡愈受到鍛鍊，愈能學會規矩。

最近，很多莫名其妙的年輕人開起了餐廳。

「再拜師學藝也沒有用。我想做的是獨創的料理。」說這種話，開了所謂「創意料理餐廳」。因為要獨創所以只靠自己，不需要師父，拜師學藝也沒有用。這是什麼蠢話。根本完全搞錯了「創意」的意思。

日本各地都有許多「創意料理」，正常來說，是在其他餐廳累積多年經驗的廚師選擇獨立創業，追求屬於自己的口味才掛出「創意」招牌。只有在徹底打好烹飪的基礎，經歷一定程度的自我鍛鍊後，做出的獨創口味才稱得上是「創意料理」。

說到底，連基礎都沒打好的傢伙是不可能擁有「獨創性」的，更別說什麼「無國籍創作料理」了。那是什麼啊，你做的料理我才不想吃呢。好好拜師學藝之後再說吧。

搞笑這個商品變質了

年輕藝人不修練還有個現實因素，因為修行的地方變少了。以東京的搞笑藝人來說，雖然有淺草的東洋館和演藝廳，但也就僅止於此。如果不加入落語協會或東京演藝協會，就無法獲得在傳統表演場地的演出機會。

這麼一來，年輕藝人只能在小劇場等地方做現場表演，抱著夢想，期待哪天能獲得哪個電視節目製作人的青睞。

如今藝人的工作環境和以前不同，這是無可奈何的事，但是一旦環境不同，培養出的表演實力也會有所差異。我們那時候的漫才實力，遠比現在的搞笑藝人好太多了。為什麼會存在這種差異呢？畢竟在那個時代，藝人在傳統表演場地的演出日數一個月超過二十天，而且早晚各一場，一場要表演二十分鐘。

現在的漫才表演一次頂多兩或三分鐘，有的也許都撐不到三分鐘，搞笑哏也在前二十秒左右就結束。這樣下來，實力會出現差距也是理所當然。

不過，剛才我也說過，把不同時代的東西拿來比較沒什麼用。事實是，如今作為商品的搞笑，它的品質與內容物，都和過去不一樣了。

如果用牛丼來比喻搞笑，從前的我們是淺草大眾食堂裡的牛丼。在怪大叔開的食堂裡，牛丼會和豬排丼、親子丼並列菜單，偶爾還賣拉麵。因為是普通食堂，從點餐到出菜需要花一點時間。相較之下，現在的搞笑，就是吉野家的牛丼。才剛跟櫃台點完「一份中的牛丼」，下一秒就立刻端上桌。

這或許就是「吉野家藝人」與「淺草大眾食堂藝人」的差異吧。那麼你問，哪一種比較厲害呢？答案是無法一概而論。以「便宜、快速、好吃」來說，有時吉野家藝人確實比較有趣。光看漫才內容，也有他們比較厲害的時候。並不是老資格的前輩就一定比較厲害，實際上也有幹這行幹一輩子還是很遜的漫才師。

不過，唯一可以肯定的是，現在藝人的演藝壽命比較短。拜電視之賜，搞笑藝人變成傑尼斯偶像，被用完就丟。年輕搞笑藝人的人氣和喜愛他們的女性粉絲是套裝的組合。隨著年紀的增長，藝人和粉絲都會消失。然後，在新的女性粉絲面前，又會出現一批新的藝人。現在的演藝圈已然建立起這樣的系統。系統一旦建立，就很難改變。

規矩就是——讓對方開心

關於演員、藝人、電視或電影等演藝世界，我不斷大放厥詞，主要是想強調「演藝」這件事，廣義來說和「規矩」有著異曲同工之妙。

我一直提到「規矩」，追根究柢它的目的就是「讓人開心」。不傷害對方、不讓對方感到不愉快、讓對方有面子。為了達到這些目的，就必須懂得體貼，又不強迫對方接受你的體貼。要盡可能做到讓你的體貼不被對方察覺。以結果來說，就是讓對方開心。相反地，一旦惹對方生氣，就表示失了規矩。

讓對方開心、留下好的回憶，這說起來正是一種「演藝」，屬於搞笑的世界。從前的落語家追捧「阿爺」，讓金主高高興興發下零用錢；現在的搞笑藝人則是在眾多觀眾面前演出，藉此賺取酬勞。

身為藝人卻不懂規則，其實就是沒有藝的藝人，也可以說是沒有讓人開心的才能。「這傢伙連打招呼都不會」，招來這類批評的藝人，即使站上舞台也無法讓任何一個觀眾笑出來。想讓所有的觀眾笑出來，必須具備不管對誰都想讓對方開心的心。

具備藝的藝人，在演藝場表演時會把脫下的鞋子在鞋櫃排整齊才進休息室，也會把化妝台整理得乾乾淨淨，全部都做得完美，打招呼也毫不馬虎。因為不失規矩，所以能讓身邊的人心情愉快。還有，這樣的藝人毫無例外態度都很謙卑，不管對誰都能低頭寒暄，說「您好」、「不好意思」。

儘管走出演藝場就恢復成普通人的身分，取悅周遭的姿態還是不變，無論走在路上還是搭電車都有規矩。讓位是自然，也會扶老年人過馬路。在餐廳吃飯不會弄得杯盤狼藉，也不大聲喧譁。

所以我才說，藝人的資質是看規矩來決定。有失規矩的傢伙無法出人頭地。

把生存之道化為「藝」

偶爾也會出現故意採相反做法的人，故意牴觸規矩，做出豪邁的事。不過，那只限於原本按照規矩行事、已經出人頭地的人身上才行得通。

假設在餐廳裡，有個喊出「把店裡所有好酒好菜都端上來」的藝人大叔。普通人說「全部我請客」時，不免給人沒品的感覺，可是，就是有那種能讓人心服，覺得「那個人說的話，好像就是對的」的人。

這可說是「遊走在規矩邊緣」的本事。當大叔說出「我請那個客人喝酒」，若是讓對方有「瞧不起人啊，混帳傢伙」的想法，就表示藝人的本事不高，表演失敗。若能讓對方感覺「謝謝招待，你人真好」，身為藝人才算有點本事。

「在那間店裡遇到的大叔像個工人，可是人很有趣，原來是搞笑藝人。他將來一定會成為大人物。」

能獲得這種評語的藝人，是可造之材。

一樣的事情，若由公司快倒閉的社長來做，只會招來「那傢伙已經自暴自棄了」的批評。大家的眼睛都是雪亮的。

「別看他一副大方的樣子，其實股票慘賠，根本放棄自己了。」

「只是自暴自棄，太蠢了」像這樣被嘲笑，「還讓那個社長請客，他太可憐了」或是招來同情，到最後甚至可能有人會不太愉快地說「誰想讓那種傢伙請客啊」。

明明做一樣的事，得到的待遇卻和藝人大叔不同。做出的事情有沒有藝可言，會讓事情擁有完全不同的意義。

這裡所說的「藝、技藝」並非藝人的專利。即使身處非藝術相關領域，若以為「技藝和自己無關」，可就大錯特錯了。一般人也得有一套自己的「藝」才行。我的想法是，儘管不靠技藝吃飯，社會生活上需要的技藝，大家也要具備才是。

社會上有從事各種工作的人，有各種性格。每個人有他自己的生活。自己的生存之道只屬於自己。當自己的生存之道能夠化為「藝」，此時此刻規矩已經完成。在別人的眼中，你就是一個有品又瀟灑的人。

印度人也跌破眼鏡的生日禮物

這件事說來不重要，有個很在意我的人，在我生日時送了一條領巾給我。

據說是用比喀什米亞羊毛更上等的毛料，只有從不知道是印度還是喜瑪拉雅山上的山羊身上才能取得，好像叫做帕什米納吧，是一種昂貴的傳統毛織品。對方輕易就送給我，我拿到禮物時也只隨口道謝。後來，有一天我和精通時尚的朋友吃飯，把這條領巾給對方看。

「這是人家送的。」

「是喔，這可是高級品，很厲害的東西呢。」

這樣啊，觸感輕柔的領巾果然是高級品呢，能把這麼高級的東西隨手送人，不但不失規矩，也可說是一門高明的本事。

同席吃飯的還有個印度人，一問才知道，他是專門進口我身上這類領巾的人。簡單來說，就是毛料專家。印度人說「借我看一下」，我把領巾拿給他。只見他拿出一個戒指，把領巾從中間穿過。

輕輕一拉，只拉到一半，領巾就卡住了。印度人說「無法順利穿過戒指，這條領巾是假的」。

「如果是真貨，應該會像這樣。」

說著，他從皮包裡拿出一條和我那條很像的領巾，再次塞進戒指中間。哎呀真奇妙，印度人的領巾輕輕鬆鬆就穿過去了。

「北野武先生得到的那條，真正的帕什米納纖維大概只含百分之五十。」

聽他說，領巾穿過戒指，可以用摩擦力來判斷纖維的真偽。我摸了真的領巾，果然手感更滑順也更保暖。

搞什麼啊，原來是假貨。一旦被拆穿，藝就不是藝了。

政治家也需要「藝」

日本的政治家也沒有藝。就算是政治人物，也得有一套自己的藝才行，但政壇還是充斥著笨蛋藝人。

只要下定決心就能做出名留青史的事，這種機會要多少有多少。大顯身手的舞台已經準備，政治人物只要好好扮演藝人的角色，取悅觀眾就行了。

日本的政治，確實是明治時代以來靠革命才誕生的產物，在那之前是握在武家或天皇手中的獨裁政權。拱出明治天皇的長州閥等政治人物也屬於革命家。所以，日本歷史雖然悠久，政治上只出過獨裁者與革命家，具備能夠誠服國民的藝的政治家，不知道是否存在呢。

即使如此也沒關係，還是有能讓他們大顯身手的舞台，比方說冒著被暗殺的危險毀棄日美安保條約，或是表面上承認日美安保條約實際上把美軍請離沖繩等等。

問題是，沒有政治人物要這麼做，他們沒本事做。舞台都準備好了卻沒本事演出，就只能當個窮酸藝人了。沒有藝，就無法出人頭地。我認為，日本的政治人物裡沒有明星。

這裡又得提到長嶋茂雄先生。長嶋茂雄厲害的地方就在於，他會在認真決勝負的時刻施點詭計。說是詭計但可不是打假球。為了讓球迷看得開心，他會故意秀逗一下。明明該守住三壘，他卻讓球「火車過山洞」，從胯下穿越。

在一場巨人隊穩贏的比賽。九局上兩人出局，場上無跑者，比數是九比零。巨人隨便打都會贏，也已經不可能完封完投，接下來只要讓打者出局，比賽就宣告結束。就在此時，對方往三壘方向打出一個滾地球，長嶋先生卻讓這球過山洞。而那根本是不該出現失誤的一球。

可是場邊的球迷看到這一幕，竟然歡聲沸騰，大喊：長嶋茂雄失誤了。長嶋先生是明知故犯，知道自己在這裡失誤，觀眾才能看得開心。為了答謝觀眾將這場毫不刺激的球賽看到最後，故意犯下這樣的失誤。一旁的游擊手廣岡先生面露不耐，臉上的表情寫著「這傢伙又來了」。

以前，墨西哥有個叫Jose Medel的拳擊手，他明明很強卻會故意裝作被打倒，引得場邊觀眾緊張大叫。這就是本事啊。能令觀眾熱血沸騰，又有獲勝的實力。

再說回日本的政治人物，如果是我，會乾脆去北韓這個大舞台上一顯身手。策劃獨身偷渡北韓，就算被逮捕也沒關係，正好趁機大喊：「把你們綁架的日本人還來！」

小泉先生擔任首相時不是做得不錯嗎？儘管現在他發出引退宣言，當時的小泉威力仍讓我們開了眼界。

小泉純一郎這個政治家，經常被形容為劇場型的政治人物，深知自己身為表演者該採取什麼行動。貴乃花在夏場所[1]獲得優勝時，他那句「好感動！」深深吸引所有觀眾的心。如果說日本國民是觀眾，那身為藝人的政治家該怎麼表演最容易被國民接受，他在理解自己的定位後才採取行動。

以結果來說，光是那個演出，就造就了一個時代。雖然貧富差距擴大，經濟不景氣，他的郵政民營化政策也受到批評，當時的國民還是為他瘋狂。

小泉先生的藝取悅了日本國民。既然如此，真希望他繼續表演下去。這才是真技藝嘛。

1 日本的相撲一年有六次正式例行賽，五月舉行的地點被稱為夏場所，位於兩國國技館。

那裡，講的是心情

舊街區的燉菜店裡，老闆和喝醉的客人爭執起來。

「你這個酒鬼，給我趕快回家啦，混帳。」

「我想再吃點東西。」

「夠了，不用吃了。」

「那再給我一杯酒。」

「這真的是最後一杯了喔。」

做老闆的，大概都摸得清楚客人身上還有幾毛錢。

「我還是想吃。」

「好啦好啦，這個烤魚鰭也給你。好了，就這樣，算你一千就好。」

老闆對客人說剩下的算我請客，客人對老闆只收一千圓心存感激，知道再多吃多喝就是自己不對。兩人心情都好，老闆和客人都沒有失了規矩。

日本曾是這樣的社會，現在的「百年一度金融危機」到底是在搞什麼。什麼證券公司破產、次級貸款，聽起來都很有問題，非常可疑（校注：指二〇〇八年九月引發世界金融危機的雷曼兄弟債券事件）。

哄騙窮人買房子，沒有東西擔保就要對方買下莫名其妙的證券做抵押，最後自己的公司破產，社長竟然領了三百億日圓退休金輕易逃跑。正常來說，公司給顧客造成問題，應該把那筆錢拿來還人家才對吧。從窮人身上吸走大筆金錢，最高層的傢伙卻捲款潛逃，令人難以置信。

世界股價大跌時，認定接下來就要上漲的人會說「就算投入所有資產也要買」。是喔，那我也來買好了……沒有比說這種話更沒品的了。真是不好意思。

我還是喜歡舊街區的燉菜店。

做為後記

有品，沒品

沒有愛也沒有友情，就和她做愛、和朋友說笑
我並不討厭受傷
我害怕傷人
讓彼此更坦誠相見吧！說什麼呢沒品的傢伙
日本文化是更高尚、重精神層面的
看到他人的喜悅模樣，把它當成自己的喜悅
卻絕不讓人發現
這才是值得驕傲的日本世界

老派的，庶民的，男人的精神
我喜歡這樣，但也感到困擾
這就是有品

※ 轉載自《我變成了笨蛋：北野武詩集》（北野武著　日文版於二〇〇二年由祥傳社出版）
中文版於二〇一八年一月由遠足文化／不二家出版

國家圖書館出版品預行編目資料

北野武的下流哲學 / 北野武作. -- 初版. – 新北市 : 不二家出版 : 遠足文化發行, 2018.06
面； 公分
ISBN 978-986-96335-2-9 (平裝)
861.67 107007701

北野武的下流哲學

作者 北野武 ｜ **譯者** 邱香凝 ｜ **責任編輯** 周天韻 ｜ **封面設計** 朱疋 ｜ **內頁排版** 唐大為 **行銷企畫** 陳詩韻 ｜ **校對** 魏秋綢 ｜ **總編輯** 賴淑玲 ｜ **社長** 郭重興 ｜ **發行人兼出版總監** 曾大福 ｜ **出版者** 不二家出版 ｜ **發行** 遠足文化事業股份有限公司 231 新北市新店區民權路108-2號9樓 **電話** (02)2218-1417 **傳真** (02)8667-1851 **劃撥帳號** 19504465 **戶名** 遠足文化事業有限公司 ｜ **印製** 成陽印刷股份有限公司 電話(02)2265-1491 ｜ **法律顧問** 華洋國際專利商標事務所 蘇文生律師 ｜ **定價** 320元 ｜ 初版一刷 2018年6月 ｜